छलकत जाए ज्ञान घट

व्यंग्य-संग्रह

छलकत जाए ज्ञान घट

के.डी. सिंह

लोकभारती प्रकाशन

लोकभारती प्रकाशन
पहली मंजिल, दरबारी बिल्डिंग, महात्मा गांधी मार्ग
प्रयागराज-211 001
वेबसाइट: www.lokbhartiprakashan.com
ईमेल : info@lokbhartiprakashan.com

शाखाएँ : 1-बी, नेताजी सुभाष मार्ग, दरियागंज
नई दिल्ली-110 002
अशोक राजपथ, साइंस कॉलेज के सामने
पटना-800 006
36 ए, शेक्सपियर सरणी, कोलकाता-700 017

पहला संस्करण : 2022

ग्राफिक ऑफसेट
प्रयागराज द्वारा मुद्रित

CHHALKAT JAYE GYAN GHAT
by K.D. Singh

ISBN : 978-93-93603-42-5

मूल्य: ₹ 500

मेरी माँ

उर्मिला सिंह

को

सादर समर्पित

जिनकी सुनाई हुई कहानियों ने

मुझे कल्पना शक्ति दी!

अनुक्रमणिका

लिखना क्यों?

आखिर लिखना क्यों ...?
प्रश्न निरर्थक हो या सार्थक, प्रश्न तो प्रश्न होता है। और यह इस समय का सर्वाधिक ज्वलन्त प्रश्न है कि आखिर लिखा क्यों जाए? क्यों लिखता है एक लेखक।
पढ़नेवाले लोग बहुत जल्दबाजी में हैं और किसी भी बात के उपसंहार तक पहुँचने से पहले, अपने ही प्रश्नों के सैलाब में डूबने-उतराने लगते हैं। इस समय में इतना कुछ दृश्य और श्रव्य उपलब्ध है, और वह इतना रंगीन है कि, लोग सफेद पन्नों पर बिखरे काले अक्षरों की नीरस पंक्तियों पर अपना समय क्यों जाया करें?
तो अब ज्यादा महत्त्वपूर्ण प्रश्न यह नहीं है कि क्या लिखा जा रहा है।
बल्कि यह है कि, लिखा ही क्यों जा रहा है?

दरअसल हमारा समय मूर्खताओं से लबरेज है। हमारी आत्ममुग्धता किसी शुतुरमुर्ग की तरह रेत में अपनी गर्दन छिपाए, हमारे समय के ज्वलन्त प्रश्नों को न देखने, या न देख पाने के सफल प्रयासों का महोत्सव मनाने में रत है। ऐसे में हम समाज के इस "जेनस लाइक मॉडल" में घूम-घूमकर अपनी ही पूँछ चबाने के लिए अभिशप्त हैं।
बात जब लिखने और पढ़ने की चल रही हो, और अगर इसमें थोड़ा "सुनना" भी जोड़ दिया जाए तो सम्प्रेषण का परिदृश्य मुकम्मल हो जाता है।
ज्यादा नही, पिछले एकाध दशक से ही एक ऐसी पीढ़ी अस्तित्व में आई है जिसे सब-कुछ पता है। ज्ञान-विज्ञान, इतिहास, विचारधाराओं और मानवीय सभ्यताओं के हरावल दस्तों के बारे में उनकी राय और उनकी

स्थापनाएँ मुकम्मल हैं। वे अपने स्थापित कन्क्लूजन्स पर कोई बहस नहीं चाहते, क्योंकि उनका मानना है कि, जिस प्रकार किसी चीज के बारे में आपके अपने विचार हैं और जो कि जाहिर है, आपने भी किताबों से ही उठाए और बनाए होंगे, उसी तरह हमारी भी अपनी प्रस्थापनाएँ हैं जो हमने आपके समय से कहीं बेहतर तकनीक और माध्यमों से जानी हैं।

तो बस...! अब किसी भी तरह की बहस की गुंजाइश ही खतम है।

संवादहीनता का यह दौर बेहद ठंडा और अकुलाहट भरा है।
अब चार लोगों का जमावड़ा हो या कोई टी.वी. डिबेट। एकतरफा भाषण और दो-तरफा वाद-विवाद तो हो सकता है, लेकिन स्वस्थ बहसें नदारद हैं। कोई किसी से सहमत होने को राजी नहीं, तब भी नहीं, जबकि एक पक्ष बिलकुल सही, और दूसरा पक्ष सर्वथा गलत हो।

लिखना, दरअसल "न सुने जाने" की इसी अकुलाहट का विस्तार है।
लेखन, न केवल लेखक को इस तथ्य से परिभाषित करता है कि वह क्या लिखता है, बल्कि पढ़नेवाला भी इसी तथ्य से परिभाषित होता है कि वह क्या पढ़ता है। एक प्राच्य यूरोपियन विद्वान् का दावा था कि, मुझे किसी भी व्यक्ति के हाथ का लिखा हुआ एक पन्ना, वह चाहे जो भी, और जिस विषय पर भी लिखा हो, लाकर दे दो। मैं बता दूँगा कि, वह व्यक्ति किस स्वभाव का है, क्या सोचता है, क्या मानता है और उसका व्यक्तित्व कैसा है।
समकालीन दर्शनशास्त्र के इतिहास में एक घटना आती है कि, अपने समय का सुप्रसिद्ध दार्शनिक वेट्गेन्स्टीन जब युवा था और अपनी दार्शनिक रुचियों के चलते वह दर्शनशास्त्र का विशद अध्ययन करने की उत्कट इच्छा रखता था, उसके पिता उसे एक पायलट बनाना चाहते थे।

वेट्गेन्स्टीन खुद भी दुविधा में था कि उसे क्या करना चाहिए?

आखिर वह, उस समय के सबसे प्रसिद्ध और विद्वान् दर्शनशास्त्र के प्रोफेसर टॉमस मूर के पास गया और उनसे अपनी दुविधा बताई। प्रोफेसर मूर ने कहा कि तुम एक पन्ने पर दो सौ शब्दों में एक निबन्ध लिखकर ले आओ। विषय भी तुम खुद ही चुनो, और टॉपिक भी। कुछ भी लिखकर लाओ, जो तुम्हें ठीक लगे।

एक घंटे बाद वेट्गेन्स्टीन दो सौ शब्दों का एक निबन्ध लिखकर मूर के पास पहुँचा। प्रोफेसर ने उसे ध्यान से पढ़ा और बोले..."बेहतर होगा कि तुम दार्शनिक बन जाओ!"

और कहना न होगा कि, आगे चलकर वेट्गेन्स्टीन ने अपनी मेधा शक्ति से अपने समय की सारी दार्शनिक समस्याओं का समाधान किया। बाद में जब वे उसी कॉलेज में दर्शनशास्त्र के प्रोफेसर हुए, जिसमें टॉमस मूर पढ़ाया करते थे, और अब रिटायर हो चुके थे...तो लोगों ने एक दिन देखा कि वेट्गेन्स्टीन का लेक्चर सुनने के लिए क्लास की सबसे पिछली बेंच पर बैठा एक वृद्ध और जिज्ञासु आदमी टॉमस मूर था।

लिखना और पढ़ना वाकई एक विश्वसनीय ताकत है। इसी ताकत ने आदमी को पशुओं से अलग किया, और बकौल अरस्तू उसे "सामाजिक पशु" का दर्जा दिया, अन्यथा चार और दो पैरों के फर्क मात्र से आदमी खुद को कभी जानवरों की श्रेणी से शायद ही अलग कर पाता।

मानव के उद्भव और सभ्यता के इतिहास का वृहद् रेखांकन करते हुए डॉ. हरारे अपनी पुस्तक द सेपियन्स में लिखते हैं कि आदमी का जीवन वस्तुतः भाषा के जन्म से ही पूरी तरह बदला। महज संकेतों से लेकर, स्वरों के आरोह-अवरोह से होते हुए जब आदमी कच्ची-पक्की संकेताक्षरों की लिपि से गुजरते हुए, एक भाषिक गन्तव्य तक पहुँचा, जहाँ उसे लिखा जा सकता था तब से ही शायद इन्सानों ने एक-दूसरे से भावनात्मक रूप से जुड़ना शुरू किया।

एक लम्बे समय तक, आदमी के अपने अनुभव और विचार, वाचिक रूप से ही दूसरे आदमी और फिर नई पीढ़ी तक अन्तरित होते रहे। लेकिन एक बार जब पेड़ों की छालों और ताड़पत्रों पर मानवीय अनुभव, कल्पनाएँ, विचार, और ज्ञान, शब्दों के रूप में अंकित होने लगे तो सभ्यता के नए आयाम खुले। आत्मघटित और आत्मानुभूत जो कुछ भी था वह भले ही सीमित वर्ग तक ही सही, कम-से-कम सम्प्रेषित तो होने ही लगा।

कई बरस पहले मैं भीमबेटका गया था जो कि एक पुरातात्त्विक स्थल है। वहाँ पुरा पाषाण या शायद उत्तर पाषाण युग की गुफाओं में कुछ

चित्र अंकित थे। कितना अद्भुत था, यह कल्पना करना कि आज से लाखों वर्ष पूर्व किसी ने इन चित्रों को गुफा की दीवारों पर उकेरा। केवल स्वान्त: सुखाय नहीं, बल्कि सदियों बाद तक अपने होने का प्रमाण देने की आकांक्षा लेकर।

कुछ भी लिखना, बनाना, या उकेरना वस्तुत: अपने होने का प्रमाण देना है।

एक सर्जनाकार को अपनी सर्जना से, अपने होने की अनुभूति होती है। और वह अपने न होने के बाद भी एक पाठक या दर्शक की दृष्टि, मन और विचार में खुद का होना पाता है। बहुत अद्भुत है यह जिजीविषा, और इसी जिजीविषा से हमने सभ्यताओं की निरन्तरता को जोड़ा और उन्हें जाना-पहचाना। मनुष्य की लिखने और पढ़ने की ताकत ने ही कबीलों, समुदायों, नगरों, द्वीपों-महाद्वीपों की सीमाओं का अतिक्रमण करते हुए पूरे विश्व को एक मानसिक धरातल पर जोड़ा भी, और एक-दूसरे की सभ्यताओं को जानने-समझने के लिए उत्सुक भी किया।

प्रेमचन्द ने अपनी पुस्तक गोदान की एक आलोचना के उत्तर में जो कहा, वह लेखन की सर्वव्यापकता को ही प्रतिध्वनित करता है कि...

"मानव मस्तिष्क सर्वत्र एक जैसा है। वह सुख और दुख को एक जैसा ही महसूस है, दर्द की अनुभूति हो या हृदय का आल्हाद, पूरे विश्व में इन्हें महसूसने का पैमाना एक जैसा ही है भले ही उसे व्यक्त करने की भाषा, लिपि या उच्चारण भिन्न-भिन्न हो।

"हे भगवान्! कितना बोलता है यह आदमी!"

आपने कई मौकों पर यह खुसफुसाहट जरूर सुनी होगी। कभी किसी जमावड़े में, किसी सभा में किसी सेमिनार में या किसी रैली में। लेकिन ये कभी शायद ही सुना हो कि, लिखता है यह आदमी?

सुनानेवाला आपको अपने समय में बाँधता है। आप उसे समय दे रहे हैं, कभी अपनी सहमति से, कभी संकोच में या कभी मजबूरी में। कई बार, आप नहीं भी सुनना चाहते, लेकिन संकोचवश न तो आप वहाँ से उठकर जा सकते हैं न वक्ता को सुनाने से रोक सकते हैं।

किताबों के साथ ऐसा नहीं है।

असहमति, बोरियत, या झुँझलाहट में आप किताब को बन्द कर सकते हैं। उसे पढ़ना, न पढ़ना, पूरी तरह आपकी रुचि या जिज्ञासा पर है। एक लेखक, कभी अपनी, कभी आपकी, तो कभी दुनिया-समाज की बातों को शब्दों में पिरोकर आपके सामने परोस देता है। परोसना शब्द भी शायद यहाँ सही नहीं है, बल्कि यूँ कहें कि पैक करके दे देता है कि घर ले जाइए, और स्वादानुसार रसास्वादन कीजिए। न मन हो, तो न कीजिए।

किताबें आपकी रुचि हैं, मजबूरी नहीं।

जिस तरह लिखना बाध्यकारी नहीं, उसी तरह पढ़ना भी बाध्यकारी नहीं। यह तो, जैसे लेखक और पाठक के बीच एक मूक साहित्यिक समझौता है जो कि एकतरफा है। लेखक जो है, वह पाठक के लिए लिखता है (स्वानुभूति और आत्मतुष्टि लेखक का बोनस हो सकता है)। लेकिन पाठक अपने लिए पढ़ता है। हमारे आसपास की दुनिया में वही सब कुछ है, जो आप सब देख सकते हैं। केवल यह सब कुछ देखने की दृष्टि, उसे महसूसने की शक्ति और उसमें एक तारतम्यता विकसित करने की कला ही, लेखक को पाठक से अलग करती है।

लिखना, दरअसल फूलों को बिना तोड़े, उनकी खुशबू को औरों तक पहुँचाने की कला है।

लिखना, झरनों, नदियों की कल-कल, झूमते पेड़ों को छूकर गुजरती हवा की खुसफुसाहट, बारिश के संगीत और प्रकृति के महोत्सव को हमेशा के लिए शब्दों में बाँधकर आप तक पहुँचाने का हुनर है।

लिखना, पहाड़ों की चोटी पर जमी बर्फ की ठंडक को पिघलाने और कुहासे में डूबी दुनिया को सूरज की रोशनी दिखाने की कोशिश है।

और यह सब कुछ...लेखक महसूसता है, आपके जेहन तक पहुँचाता है, जहाँ प्रकृति की इन बतकहियों, स्वरों और संगीत से, पढ़नेवाला एकाकार होता है।

एक लेखक, आपके जेहन की उँगली पकड़कर आपको इस दुनिया से इतर एक दूसरी दुनिया में ले जाता है, जो जरूरी नहीं कि खूबसूरत ही हो... वह जीवन से भी ज्यादा कड़वी, और यथार्थ की पथरीली जमीन पर भी बसी हो सकती है।

लेकिन इतना तय है, कि पाठक इस सैलानीपन में रोमांच पाता है। और फिर, उसके पास अपनी देखी हुई दुनिया में लौटने का निर्णय तो सुरक्षित है ही।

लिखा हुआ, आपको झँझोड़ देता है। लिखना आपको सहलाता है।

लिखना, दरअसल लेखक और पाठक दोनों के मस्तिष्क की शल्यक्रिया है।

प्रसिद्ध पाश्चात्य दार्शनिक कांट ने लिखा है कि, मानव मस्तिष्क में जानने, समझने, महसूसने और उसे व्याख्यायित करने की कोटियाँ होती हैं। हम जो कुछ भी देखते, सोचते, समझते, जानते और व्यक्त करते हैं, वह इन्हीं कोटियों में ही होता है। इन कोटियों से इतर हमारा कोई और ज्ञान नहीं है।

फिर भी, जहाँ तक मैं समझता हूँ कि सभी की सारी कोटियाँ जागृत ही हों, यह आवश्यक नहीं है। अगर आपके घर में बारह कमरे हों, और उपयोग दस का ही होता हो, बाकी के दो कमरे बन्द पड़े हों, तो हमें यह कहने में सुविधा अवश्य है कि हमारे पास बारह कमरे हैं, लेकिन सच यही है कि, हम केवल दस का ही उपयोग कर रहे हैं।

मस्तिष्क की इन कोटियों की अपनी सीमाएँ हैं। लेकिन इन सीमाओं के अतिरिक्त भी कुछ बाते हैं जो हमारी सोच को सीमित और दिग्भ्रमित करती हैं, या कर सकती हैं। कलर ब्लाइंड होने पर रंगों की वास्तविक पहचान में दिक्कत हो सकती है, रतौंधी में रात में न दिखने की, और पीलिया हो जाने पर सफेद चीजें भी पीली दिख सकती हैं।

अब इनमें से किसी व्यक्ति से आप लाल या हरे रंग की दृश्यता पर बहस करने लगें, या सफेद दीवार को पीली बताए जाने पर बहस करने लगें, तो आप पाएंगे कि सामनेवाला व्यक्ति अपने प्रत्ययों पर, अपनी दृश्यता पर पूरी तरह दृढ़ है। और जब वह केवल अपनी ही दृश्यता पर यकीन कर रहा है तो उससे बहस करके क्या हासिल होगा?

एक मानव मस्तिष्क में, अगर दूसरे मानव मस्तिष्क को प्रभावित करने की क्षमता होती है, तो उसी प्रकार किसी और मानव मस्तिष्क से प्रभावित होने की भी होती है। कई बार तो इसके बड़े रोचक और हास्यास्पद परिणाम भी हो सकते हैं।

इस पर एक कथा याद आती है...

एक गाँव में दो व्यक्ति थे, जिनमें से एक धुर नास्तिक था और दूसरा दृढ़ आस्तिक। वे दोनों ही प्रायः ईश्वर के होने, न होने पर बेतहाशा बहस करते पाए जाते। कभी किसी सँकरी-सी गली में दोनों की मुलाकात हो जाए तो वहीं खड़े होकर दोनों अपने-अपने तर्कों की तलवार से एक-दूसरे को काट डालने की कोशिश करते। उधर गली से गुजरनेवाले दूसरे लोग, मार्ग अवरुद्ध हो जाने पर खड़े होकर तमाशा देखते और हलाकान होते। कभी कुएँ में पानी भरते वक्त, कभी नदी में, कभी तालाब में, कभी किसी चौपाल में, जहाँ भी दोनों आमने-सामने हो जाते, उनकी बहस शुरू हो जाती।

गाँववाले त्रस्त थे उनकी बहसों से।

एक दिन गाँव के लोगों ने तय किया कि, दिन-प्रतिदिन की टुकड़ों-टुकड़ों में होनेवाली इस अन्तहीन बहस को समाप्त किया जाए, और दोनों को आमने-सामने बैठाकर, इन्हें पूरा समय दिया जाए कि ये दोनों अपने-अपने तर्क रख सकें। फिर या तो आस्तिक अपने तर्कों से नास्तिक को परास्त करके आस्तिक बना लेगा या फिर, नास्तिक अपने तर्कों से आस्तिक को नास्तिक बना लेगा।

गाँव की चौपाल में शाम को सभा समवेत हुई। कुछेक पंच लोग बैठे, और गाँव के कुछ दूसरे बुजुर्ग लोग भी।

बहस शुरू हुई। शाम बीती, रात भी बीती और सुबह हो गई। आखिरकार बहस खत्म हुई।

आस्तिक ने नास्तिक को अपने तर्कों और उदाहरणों से पराजित किया और अन्ततः नास्तिक मान गया कि ईश्वर है। लेकिन रोचक बात यह हुई कि, खुद आस्तिक भी, नास्तिक के तर्कों के आलोक में मान गया कि ईश्वर नहीं है।

जब सुबह दोनों लोग अपने-अपने घर की ओर जाने के लिए निकले, तो आस्तिक, नास्तिक हो चुका था और नास्तिक, आस्तिक।

गाँववालों की समस्या जस-की-तस थी।

क्योंकि अगले दिन से अब वे अपनी बदली हुई आस्थाओं-अनास्थाओं, विश्वास और अविश्वास के साथ, फिर से आमने-सामने थे।

यानी, लिखा चाहे जो जाए, पढ़ा चाहे जो जाए, और लिख-पढ़कर चाहे जैसी प्रस्थापनाएँ बनाने के प्रयास किए जाएं, वे आपकी मस्तिष्क की कोटियों की सक्रियता के प्रतिशत के अनुसार ही निर्मित होंगी, और बहुत कुछ इस पर निर्भर करेगा कि आपका अपना चश्मा कैसा है। वह चश्मा जो इनबिल्ट है। वह जन्मना भी हो सकता है और आपके अर्जित संस्कारों से विकसित भी।

एक लेखक को अपने अन्दर ही कहीं एक खुफिया जगह ढूँढ़नी होती है, जहाँ वह अपने अनुभव छिपाकर रख सके, और समय आने पर उन्हें शब्दों में बदलकर अपना लिखना सम्भव कर सके।

बहुत कुछ कच्चा-पक्का, कभी-कभी तो कबाड़ जैसा भी कुछ इकट्ठा होता है, देखने, सुनने, जानने और महसूसने के इस क्रम में।

जैसा कि हम जानते हैं, घटनाएँ भले पूर्वापर (घटित होने के क्रम में एक-दूसरे के बाद) हों, लेकिन उनकी स्मृतियाँ पूर्वापर नहीं होतीं। वे सामने घटित होनेवाले आवेगों के मस्तिष्क में टकराने से भी जागती हैं। सामने सड़क पर हुई कोई दुर्घटना, आपको उस दुर्घटना की याद दिला सकती है, जो शायद बरसों पहले आपके साथ घटित हुई हो। लगभग समरूप चेहरेवाली कोई महिला देखकर आपको अपनी माँ की याद आ सकती है, या फिर ऐसा ही कुछ।

स्मृतियों और अनुभवों को सहेजकर, एक लेखक उसे क्रमबद्धता देता है। घटनाओं और विचारों का प्रवाह एक रिदमिक गति से चलता हुआ, एक कहानी, उपन्यास, या कविता में तब्दील होता है।

सृजन की प्रक्रिया कठिन है। लिखनेवाले को उसी देश-काल की मानसिक यात्रा करनी पड़ती है, जिस परिदृश्य की वह सर्जना कर रहा होता है। जब मैं कुछ लिख रहा होता हूँ, तो मैं मानसिक तौर पर उसी समय और स्थान पर पहुँचता हूँ, जिसका जिक्र उस वक्त लेखन में हो रहा होता है। अगर इस बीच कोई व्यतिक्रम हो जाए, तो अगले कुछ घंटों, हफ्तों या महीनों तक भी जरूरी नहीं कि मैं उस घटना से वहीं से जुड़ सकूँ जहाँ मैंने उसे छोड़ा था।

लेखन, दरअसल एक तटस्थ वीडियोग्राफी है।

घटनाएँ घटती हैं, पात्र स्वाभाविक रूप से गति करते हैं, संवाद करते हैं, और लेखक उन्हें चित्रित करता चलता है। सृजन की प्रक्रिया में लेखक अनुभव के एक गहरे तल में उतर जाता है।

लेकिन व्यंग्य का रचनाकर्म, इससे बहुत अलग और इतर है। व्यंग्य में भाषा का एक नया स्तर जुड़ता है, जो सतह की भाषा के नीचे कहीं अर्थवान् होता है।

यह व्यंग्य-संग्रह आपके सामने है। प्रयास करिएगा कि इस संग्रह की भाषा के उस सिरे तक भी पहुँच सकें, जो दिखनेवाले शब्द तल के नीचे अपने अर्थों के साथ छिपकर बैठी है। यह छिपकर बैठा रचनाकर्म ही इस व्यंग्य संग्रह का केन्द्रीय कथ्य है।

सुधी पाठकों से इसी कठिन अपेक्षा के साथ, प्रतिक्रियाओं की प्रतीक्षा रहेगी।

25 मार्च, 2022

—के.डी. सिंह

प्रेम गली अति साँकरी

किसी विद्वान् ने ही कहा है कि, प्रेम दर्शन का विषय है, प्रदर्शन का नहीं।

यहाँ दर्शन से अभिप्राय "दर्शन" से ही है, केवल दिख जाने भर से नहीं है।

लेकिन आप यकीन नहीं करेंगे कि, अपनी युवावस्था में हमें, और हमारे जैसे प्रशिक्षु प्रेमियों को जिससे भी प्रेम हो जाता था, हम उसके दर्शन के लिए बेहद लालायित रहते थे। उनके गली-कूचे से हमारा बार-बार निकलना होता। कोई-न-कोई काम निकालकर, बड़े निष्काम भाव से हम उन्हीं की गली में कोई ठीहा ढूँढ़कर जम जाते थे।

उस वक्त के प्रेम के पीछे मोटा-मोटा दर्शन यही था, कि बस एक बार उनके दर्शन हो जाएं बस। इंटरनेट का चूँकि जमाना नहीं था, इसलिए उससे आगे का प्रेम हम जानते भी नहीं थे।

हमारे वक्त में प्रेमी कई प्रकार के थे। इनमें से ऐसे प्रेमियों की संख्या ज्यादा थी, जिन्हे खुद तो पता होता था कि वे आजकल प्रेम में हैं, लेकिन सामनेवाली पार्टी उनकी इस भावना से कतई अनजान होती थी। कई बार तो एक ही केन्द्र की परिधि में अनेक भावनाएँ भटकती हुई चक्कर लगाती रहती थीं, लेकिन उनकी त्रिज्या निरन्तर केन्द्रीय बिन्दु से एक समान दूरी पर किसी नियतांक की तरह नियत रहती। तब भी, जबकि परिधि के चारों ओर चक्कर लगा रहे कई बिन्दु, अचानक किसी बिग बैंग जैसी खगोलीय घटना की तरह आपस में टकराकर, एक-दूसरे के हाथ पैर तोड़ देते, या तुड़वा लेते। और केन्द्र बिन्दु को पता ही नहीं चलता कि कॉलेज के कैम्पस, या गली-मुहल्ले के किसी मोड़ पर हुए हल्दीघाटी के युद्ध में घायल योद्धा अगले दिन हल्दी-चूना लगाए फिर उसी गली में घूम रहे होते।

कुछ निराश और हताश प्रेमीगण, अँगूरों को छूने की अनवरत कोशिशों के बाद, उनके खट्टे होने का समाधान हो जाने पर, प्रेम के प्रीलिम्स की तैयारी कर रहे, न्यू कमर्स को जाते जाते ये सलाह भी सरका देते कि...

"प्रेम रतन की आस हो,
तो उनके कूचे जाव...
हमहूँ कूचे गए हैं,
तुमहूँ कूचे जाव...!"

जिनकी हिन्दी कमजोर थी, और जिनका यमक या श्लेष अलंकार से दूर-दूर तक कोई परिचय नहीं था वे इस सलाह का भावार्थ समझे बिना उस पर अमल कर बैठते थे, और दो-चार हफ्ते बाद, यही ज्ञान दूसरे को दे रहे होते।

क्या है कि, ज्ञान बाँटने, या यूँ कहें कि ज्ञान सरकाने की हमारी पुरातन परम्परा है, जो पीढ़ी-दर-पीढ़ी हस्तान्तरित होती रहती है। किसी शायर ने खूब कहा है कि...

"कौन-सी मंजिल दूर है यारो
कौन सा रस्ता मुश्किल है,
हम भी जब थक कर बैठेंगे
औरों को समझाएँगे..."

आदिकाल में, प्रेमगीत लिखने और गानेवालों ने प्रेम को अलग-अलग कसौटियों पर कसा, रगड़ा, और उसका भूसा निकाल देने में कोई कसर नहीं छोड़ी। कुछ ने प्रेम को रहस्यवादी और सूफियाना चादर ओढ़ाकर, उसे सामान्य प्रेमी की समझ से ही बाहर कर दिया, फलतः इस प्रकार की अभिव्यक्ति को मीरा, रसखान, कबीर और रहीम जैसे बुद्धिजीवियों ने हड़प लिया। बाकी जो बचा, वह दरबारों में नायिका के नख-शिख वर्णन की भेंट चढ़ गया, जहाँ नाना प्रकार के प्रयोगों ने प्रेम, और उसके संसाधनों को खासा जैव वैज्ञानिक रूप दिया। कहीं पर किसी को नायिका के गले से उतरती पान की पीक दिखाई दी, तो कहीं पर नायिका की कमर को पतला करते-करते उसे जीरो फिगर में परिवर्तित कर दिया गया। यह काम इतनी शिद्दत से हुआ कि, बाद में नायिका को अपने पैजामे का नाड़ा बाँधने में भी दिक्कत होने लगी, क्योंकि कमर जो थी, वह पूरी तरह गायब ही हो गई। दैहिक से लेकर, आत्मिक प्रेम तक, प्रेम के एक लम्बे

सफर में नायक और नायिका ने इतना "सफर" किया कि साहित्य जो था वह बुरी तरह अकबकाकर, भक्तिकाल की ओर मुड़ गया और फिर कभी रीतिकाल की ओर नहीं लौटा। यह प्रेम की आदिम यात्रा थी, जिसे बाद में हिन्दी फिल्मों ने जरूर थोड़ा रोचक बनाया, जिसके चलते लोग फिर से लैना-मजनूँ, हीर-राँझा, सोहिनी-महिवाल और रोमियो-जूलियट को जानने लगे।

अब आज की पीढ़ी की बात लें।

आज की पीढ़ी में प्रेम दरअसल एक क्रिया है, जिसकी सहायक क्रियाएँ हैं...चैटिंग, आउटिंग, डेटिंग, और अन्त में ब्रेकिंग। जबकि हमारे वक्त में प्रेम एक विशेषण था, जिसे देश के साथ लगा दें तो देश प्रेम, पुस्तक के साथ लगा दें तो पुस्तक प्रेम, गाय के साथ लगा दें तो गोप्रेम बनता था। भैंस के साथ यह विशेषण लगता था या नहीं, इसका कहीं उल्लेख नहीं मिलता।

स्वयं से प्रेम करनेवाले स्वार्थी, और मानवमात्र से प्रेम करनेवाले परोपकारी कहलाते थे। पैसे से प्रेम करनेवालों को कंजूस और न करनेवालों को "बहेतू" कहने की परम्परा थी।

जहाँ तक किसी लड़की या स्त्री से प्रेम का प्रश्न था, वह बाकायदा परिभाषित था, किन्तु उसका प्रदर्शन विवाह के बाद भी करने पर रोक थी। लोग खेत-खलिहान से रात-बिरात चुपचाप लौटते, और खेतों में अपने कमाए गए अनुभव के आधार पर, अर्जुन की भाँति अँधेरे में ही लक्ष्य भेद करके, जुताई-बुवाई की ही तरह, अत्यन्त शीघ्रता से प्रेम करके वापस लौट जाते थे। अँधेरे की वजह से वहाँ भी दर्शन और प्रदर्शन दोनों ही सम्भव नहीं थे। प्रेम की अधिकता होने पर पत्नी को हफ्ते-दो हफ्ते में एकाध बार बल भर कूट दिया जाता था जिसके सकारात्मक परिणाम यह थे, कि एक तो इससे घर में अनुशासन कायम रहता था, और दूसरे यह कि, पुरुष पर अपनी स्त्री के प्रेमी या गुलाम होने का लेबल भी नहीं लगता था।

बहरहाल, ह्वाट्स अप, फेसबुक और मोबाइल के इस जमाने से इतर, हमारे वक्त में प्रेम की अभिव्यक्ति के साधन भी बहुत कम थे, और खतरे

बहुत ज्यादा। लेकिन फिर भी कर्मठ प्रेमीगण, बड़े शहीदाना ढंग से, मुक्तिबोध की इन पंक्तियों को अपना देशगान बनाते हुए कि...

"अब अभिव्यक्ति के खतरे
उठाने ही होंगे
तोड़ने ही होंगे
मठ और गढ़ सब...!"

और जाहिर है कि, इस क्रान्तिकारी भावना की अभिव्यक्ति का एक ही साधन था...प्रेम पत्र।

जब कुछ दुस्साहसिक प्रेमी, मठ और गढ़ सब तोड़ने पर उतारू होते, तो यह एक बेहद खतरनाक फैसला होता। जरा-सी चूक होने पर, खुद उन्हीं के मठ टूट सकते थे, और गढ़ पर हल्दी-चूने के लेपन की नौबत आ सकती थी। ऐसे प्रेम शिरोमणियों के लिए, पत्र को वांछित हाथों तक पहुँचाना जितना दुष्कर कार्य था, उससे भी कहीं दुष्कर था पत्र की रचना करना। इस प्रकार के पत्र-लेखन, और उसके परिवहन के अपने खतरे थे।

फिलहाल तो इतना जान लेना ही जरूरी होगा कि, आधुनिक प्रेम ने न केवल अपनी परिभाषाएँ बदल ली हैं बल्कि उसके व्यक्त होने के तरीके भी बदल चुके हैं, बावजूद इसके कि, प्रेम एक शाश्वत विषय है, जो चिरन्तन है। लेकिन यह भी तो सच है कि, जो प्रेम अब अपनी अभिव्यक्ति का साल में एक दिन चौदह फरवरी को निश्चित कर चुका हो, वह प्रेम है भी या नहीं, इस पर सन्देह किया जाना चाहिए। क्योंकि प्रेम तो ...

"होके खुशबू की तरह
फैला था मेरे चार सू
मैं उसे महसूस कर सकता था
छू सकता न था...!!

नॉलेज इज द पॉवर

आत्मविश्वास बड़ी चीज है।

यह अध्ययन से आता है... क्योंकि अध्ययन से नॉलेज आता है और नॉलेज से शक्ति।

बचपन से ही, अपने स्कूल के विशालकाय मुख्यद्वार पर अंग्रेजी के बड़े-बड़े अक्षरों में "नॉलेज इज द पॉवर" लिखा देखकर, हम पढ़ते रहे, खूब पढ़ते रहे। खयाल यह था कि जितनी ज्यादा किताबें पढ़ेंगे, जितने ज्यादा लेखकों, साहित्यकारों, वैज्ञानिकों और जानकारों को पढ़ेंगे, उतना ज्यादा नॉलेज मिलेगा, उतनी आत्मिक शक्ति मिलेगी और उतना ही आत्मविश्वास भी।

लेकिन फिर हुआ क्या कि, बड़े होते न होते, एक ठो वितंडा खड़ा हो गया। टी.वी., अखबार, मैगजीन, सब मिलकर चिल्लाने लगे कि अमेरिका कैसे ढूँढा गया, यह नॉलेज है लेकिन आजकल अमेरिका में क्या हो रहा है, यह "इन्फार्मेशन" है। ऐसा कहकर, इन सबने "नॉलेज इज़ द पॉवर" को "इन्फार्मेंशन इज द पॉवर" से रिप्लेस कर दिया।

अब हमारे स्कूल में भी लिखी हुई वह नीली इबारत धुँधली पड़ने लगी थी। सो उसे पोत-पात कर नए कैपिटल लेटर्स में लिखा गया... " इन्फार्मेंशन इज द पॉवर" ।

तो साहिबान...! इस प्रकार नई पीढ़ी को सूचनाओं की शक्ति समझ में आ गई और वह आई.टी. यानी इन्फार्मेंशन टेक्नॉलाजी की ओर उद्यत हुई। अब यह नई पौध किताबों पर कोई खास भरोसा नहीं करती... अध्ययन पर भी नहीं। वह सूचनाओं पर भरोसा करती है, सन्देशों पर भरोसा करती है, और ये सूचनाएँ, सन्देश उसे ह्वाट्स एप, फेसबुक,

इन्स्टाग्राम पर इफरात मिलते हैं...छपते हैं, छापे जाते हैं और चिपकाए जाते हैं।

इस रास्ते पर चलते हुए, हम पाते हैं कि हमारी मुलाकात, दिन-प्रतिदिन महाज्ञानियों से हो रही है, जो बताते हैं कि गोडसे धर्म का रक्षक था, और गाँधी जी राक्षस। वे बताते हैं कि रावण उस युग का सबसे चरित्रवान् व्यक्ति था, जिसने सीता को अपनी कैद में रखकर भी कभी हाथ नहीं लगाया। वे यह भी बताते हैं कि आजादी की लड़ाई में सबसे बड़ा योगदान आर.एस.एस. का था और नेहरू इस युग का सबसे बड़ा भ्रष्ट और ऐयाश आदमी था। वे पूरे आत्मविश्वास के साथ बताते हैं कि, भारत का नाम इंडिया, दरअसल 15 अगस्त, सन 1947 को पड़ा है, जिसका फुल फार्म है..."इंडिफेंडेट नेशन विद डेमोक्रेसी इन अगस्त"। वे सीरिया, अफगानिस्तान, ईरान या सऊदी अरब में घटित किसी घटना का एक दिल दहलानेवाला वीडियो, इस दावे के साथ अपलोड करते हैं कि यह घटना अभी कल ही महाराष्ट्र, केरल या तमिलनाडु में घटी है।

उनका, कथित सूचनाओं से प्राप्त यह ज्ञान और शक्ति, उससे उपजा आत्मविश्वास बैठे बिठाए ही उन्हें डॉक्टर, इंजीनियर, कलाकार, पुरातत्त्ववेत्ता, इतिहासकार, भूगोलवेत्ता, और शोधार्थी खोजी बना बैठता है। यह शक्ति, बदलते परिवेश की सूचनात्मक शक्ति है, चाहे उसका स्रोत कुछ भी हो।

इस अनुक्रम में, एक क्षेपक याद आ रहा है। मुलाहिजा कीजिए...

एक गाँव में एक वैद्य थे। बिना किसी मेडिकल कॉलेज की डिग्री के, बिना किसी फार्मेसी के प्रशिक्षण के, वे स्वयम्भू वैद्य थे, क्योंकि उनके पिता जी भी वैद्य थे। जैसे कोई अपने नाम के आगे बी.ए., एम.ए, शास्त्री, आचार्य, संगीत विशारद लगा ले, क्योंकि यह उनके पिता ने अर्जित किया था और उनके जीवन काल में उनके साथ यह पुछल्ला सदैव लगा रहा।

बहरहाल...वैद्य जी नाड़ी देखकर बता देते थे कि रोगी ने कल क्या खाया था, आज क्या खाया है, और कल क्या खाने की इच्छा रखता है।

वे यह भी बता देते थे कि, रोगी ने अभी हाल ही में कौन-सी पिक्चर देखी है, और यह भी कि, रोगी की जमीन का मुकदमा किस अदालत में चल रहा है...उसमें वह जीतेगा या नहीं।

बड़ी सिफत थी उनके हाथों में।

बुखार का मरीज वे सात दिन में ठीक कर देते थे, और पीलिया का सात हफ्ते में। खाँसी, खराश, खुजली, दमा, बवासीर, भगन्दर, कफ, पित्त, वात, सबका इलाज था उनके पास। बड़े आदमियों के लिए ताकत की दवाएँ, स्वर्ण भस्म, शिलाजीत वे अलग से ऑन डिमांड तैयार करते थे। पूरा गाँव, अलग-अलग कारणों से बहुत मानता था उन्हें, और उसी अनुपात में लक्ष्मी जी का भी बहुत आशीर्वाद था उन पर।

वैद्य जी की कोई सन्तान न थी। बस एक पट्ट शिष्य था, जो दिन भर इस उम्मीद में जड़ी-बूटियाँ खलबट्टे में घोंटता रहता था कि एक दिन वैद्य जी उसे भी गुरुमन्त्र प्रदान करेंगे और वह भी बड़का वैद्य कहलाएगा। पर अभी वह दिन नहीं आया था, और फिलहाल घास-फूस इकट्ठा करना, उसे अलग-अलग मटकियों में भरना, और वैद्य जी के निर्देशानुसार उन्हें पीसकर लेप तैयार करना ही उसका काम था।

फिर एक दिन ऐसा आया कि, जब पट्ट शिष्य के भाग्य से वैद्य जी बीमार पड़े और ज्यादा चलने-फिरने में असमर्थ हुए। चूँकि रोज सुबह गाँव का भ्रमण कर, वे अपने वर्तमान रोगियों की ओ.पी.डी. घर-घर जाकर करते थे। वे हर रोगी को देखते, खान-पान और परहेज में कुछ फेरबदल करते और कभी-कभी पथ्य-कुपथ्य को लेकर रोगी को डाँटते भी। इसके बाद वे अगले रोगी के घर की ओर प्रस्थान करते। इस प्रक्रिया के दौरान उन्हें हर घर से दूध, दही, मट्ठा, मक्खन, हरी सब्जियाँ, सुपाड़ी, लौंग आदि भी भेंटस्वरूप प्राप्त होते चलते, जिन्हें वे अपने पट्ट शिष्य के कन्धे पर लदी झोली में डालते चलते।

तो जब वैद्य जी को लगा कि वे अब चलने-फिरने में असमर्थ हो रहे हैं तो उन्होंने अपने शिष्य से कहा कि, आज मैं तुम्हें वैद्यकी के कुछ रहस्य बताऊँगा, ध्यान से सुनना। क्योंकि कल से इस मूविंग ओ.पी.डी में तुम्हें अकेले ही जाना होगा। शिष्य की बाँछें खिल गईं।

वैद्य जी और शिष्य, ग्राम भ्रमण पर निकल पड़े। पहले रोगी के घर पर पहुँचकर, उन्होंने बाहर बरामदे में एक खाट पर लेटे रोगी की नाड़ी परीक्षा की और स्नेहपूर्ण स्वर में डाँटा...

"पेट भारी है...! मैंने तुम्हें अन्न ग्रहण करने से मना किया था। केवल छाछ पीनी थी और खिचड़ी खानी थी, फिर भुने हुए चने क्यों खाए तुमने...?"

रोगी शर्मिंदा हुआ, उसके घरवाले हतप्रभ...और शिष्य चकित।

वैद्य जी ने सभी प्रतिक्रियाओं को एक साथ सगर्व ग्रहण किया, और मन्द मुस्कान के साथ अगले घर की ओर चल पड़े।

रास्ते में उन्होंने अपने शिष्य को कुरेदा...

"यही सोच रहे हो न? कि नाड़ी देखकर कैसे पता चला कि उसने भुने चने खाएँ हैं?"

शिष्य ने स्वीकार किया कि, उसके मन में यही मन्थन चल रहा था।

"अरे मूर्खराज! हर चीज नाड़ी से ही नहीं जानी जाती। बुद्धि भी कोई चीज होती है...अपने आँख कान भी खुले रखो। तुमने ध्यान नहीं दिया कि, रोगी की चारपाई के नीचे भुने हुए चनों के छिलके पड़े थे। जाहिर है कि ये उसने सुबह के बाद खाए होंगे...क्योंकि रात में खाए होते तो सुबह झाड़ू लग चुकी होती। समझ में आया कुछ...?"

शिष्य को अकस्मात्त परम ज्ञान की प्राप्ति हुई। वह झोला फेंक कर बगटुट भागा।

"अरे पूरा ज्ञान तो लेते जाओ...!" वैद्य जी चिल्लाए।

"बस मिल गया गुरु जी...अब मैं समझ गया कि नाड़ी देखकर आहार के बारे में कैसे बताया जा सकता है। अब और कुछ जानने की जरूरत नहीं...नाऊ अहं वैद्यास्मि...!" कहकर वह ऑफ लाइन हो गया।

अगले दिन जघन्य आत्मविश्वास से भरा हुआ, यह शिष्य जिसने स्वयं अपना नामकरण "नव वैद्य" किया...अपना निजी झोला लेकर ओ.पी.डी. के लिए गाँव के भ्रमण पर निकल पड़ा।

पहला घर ही उसने, गाँव के एक महा दबंग ठाकुर साहब का चुना।

"योग्यता का प्रमाण, शक्तिशाली के समक्ष ही प्रस्तुत करना श्रेयस्कर है क्योंकि पुरस्कार की सम्भावना भी वहीं होती है..." ऐसा उसने सोचा।

"आओ महराज...! आज वैद्य जी नहीं आए?" ठाकुर साहब ने रौबदार स्वर में पूछा। वे वैद्य जी के नियमित पेशेंट थे, और विगत कई महीनों से उनका कब्ज का इलाज चल रहा था।

"नहीं ठाकुर साहब... अब से मैं ही देखा करूँगा। मैं भी अब वैद्य बन गया हूँ!" नव वैद्य ने सूचना दी, और ठाकुर साहब की नाड़ी पकड़ ली।

नाड़ी पकड़कर नव वैद्य ने कनखियों से चारपाई के नीचे देखा, फिर आसपास नजरें फिराईं...लेकिन भुने हुए चने दूर-दूर तक नहीं थे।

अचानक उसकी आँखें चमकीं।

ठाकुर साहब की चारपाई के नीचे उनकी एक पनही (जूती) दिखाई पड़ी। दूसरीवाली शायद बच्चे खेलते-खालते कहीं दूर ले गए थे। फिलहाल पनहियों की जोड़ी में से केवल एक ही पनही, सशरीर चारपाई के नीचे विद्यमान थी।

भूमिका बाँधते हुए नव वैद्य ने ठाकुर साहब को फटकारा...

"क्या ठाकुर साहब...इतनी बार कहा गया आपसे, कि अनर्गल चीजें नहीं खानी हैं आपको...दवा चल रही है, परहेज बरतिए और कुपथ्य से दूर रहिए। लेकिन आप माने नहीं...पनहीं तक खाने से बाज नहीं आए आप...? हद्द है...!!"

क्षेपक, यहाँ इस टिप्पणी के साथ खत्म होता है कि, फिर वह दूसरी और उपस्थित एकमात्र पनहीं, नव वैद्य की पीठ पर जाकर ही मृत्यु को प्राप्त हुई। प्रथम दस या पन्द्रह तक तो गिनी गईं... फिर ठाकुर साहब की अज्ञानता कहें, या साक्षरता का अभाव, कि फिर आगे गिनी न जा सकीं।

अब एक सर्वथा मौलिक प्रश्न, जो हर कहानी के पश्चात, अनादि काल से उठता आया है, वह यहाँ भी उठेगा कि... इस कहानी से हमें क्या शिक्षा मिलती है?

तो शिक्षा यही है कि, कहानी से...खास तौर पर ह्वाट्सप और फेसबुक की कहानियों से कोई ढंग की शिक्षा कभी नहीं मिलती। शिक्षा ही प्राप्त करनी है, तो स्कूल जाइए...और स्कूल जाकर वापस आ चुके हों तो अब पढ़ना शुरू करिए...किताबों को चाहे कम, लेकिन जिन्दगी को जरा ठीक से...।

क्योंकि शायर कहता है कि...

"मैकदे में वह उम्र हाथ आई...
मदरसे में जिसे तबाह किया...!"

ढोल के बाद नगाड़े

कहते हैं कि, दूर के ढोल सुहावने होते हैं...।

पास का हो दूर का, दूरी तो हम आप बनाते हैं। क्योंकि ढोल तो ढोल है, उसे बजाया जाएगा तो वह बजेगा ही। उसका काम ही है बजना।

लेकिन नहीं...थमिए जरा। कुछ ढोल बिना बजाए ही बजते हैं। ये ढोलों की अत्याधुनिक किस्म है जो दुनिया के महानतम लोकतन्त्रों में पाई जाती है।

जब ढोल की बात चल ही पड़ी है, तो एक और खास बात है जिस पर आपको गौर करना चाहिए।

... और वह यह है कि, जो ढोल जितनी गहन, गम्भीर आवाज करता है, वह अन्दर से उतना ही खोखला होता है। ढोल की आवाज, उसके आकार-प्रकार पर कम, उसके खोखलेपन पर ज्यादा निर्भर करती है।

ढोल की एक पोल भी होती है, जो कभी-कभी खुल जाती है। परम्परागत ढोल की तो पोल खुलते ही वह बजना बन्द हो जाता है और घर के किसी कोने पर संन्यास लेकर पड़ रहता है, जब तक कि उसे उसकी पोल के साथ पुनः कस न दिया जाए। लेकिन आधुनिक पीढ़ी के ढोल तो, पोल खुलने के बाद भी उतनी ही गम्भीर रिदम के साथ पूरी बेशर्मी से बजते रहते हैं...और मजे की बात यह है कि लोग उसे सुनते भी रहते हैं...पूरी तन्मयता के साथ।

बजनेवाले ढोल, अगर आपके नजदीक बज रहे हों, तो वे आपको कर्कश लग सकते हैं...लेकिन ज्यों-ज्यों ढोल और आपके बीच की दूरी बढ़ती जाती है, उनकी आवाज अपेक्षाकृत मधुर होती जाती है, और विश्वसनीय भी।

दिल्ली में बजनेवाले ढोल की आवाज, अगर सीधे न पहुँच पा रही हो तो उसे टी.वी के जरिए दूरदराज के इलाकों तक पहुँचाया जा सकता है।

वहाँ तक वाया एयर, पहुँचते-पहुँचते, यह सुहावनी और कर्णप्रिय हो उठती है। कस्बाई अखबार तक सूचित करने लगते हैं कि ढोल बज गया है...

मान लो बज ही गया है...खबर भी आन पहुँची है... तो अब?

... वह तो नहीं पता...और वे सब छोड़िए। आपने ढोल की आवाज सुनी? क्योंकि अगर ढोल बजा है, तो कुछ-कुछ बड़ा ही होगा।

कित्ता बड़ा...? बाइ द वे?

ये भी नहीं पता...उन्होंने तो बस यह बताया है कि ढोल की आवाज को दूर-दूर तक पहुँचाया जाए। अन्धो को ढोल की सुन्दर तस्वीर दिखाई जाए... चाहे वह टटोलकर ही देखें। बहरों को कान की मशीन का भी बजट हम भेज रहे हैं...वे भी सुनें। पर यह सुनिश्चित किया जाए कि ढोल की आवाज सब तक पहुँचे... और...

"बादलों का रूऽऽऽप लेकर...बरसें हल्के-हल्के
गूँजे बनकर, देऽऽऽऽश राऽऽऽग...!!"

ढोल की बात पर, एक दन्त कथा याद आती है। पाठकों की सुविधा के लिए, यह जानना आवश्यक होगा कि, दन्त कथा जो है, वह न तो दाँतों के बल सुनाई जाती है, न दाँतों के बल सुनी जाती है। फिर भी इसे दन्त कथा क्यों कहते हैं?

उत्तर यह है कि, इस कथा को पढ़कर यदि आप खुद ही दाँत पीसने लगें, तो यह दन्त कथा होगी, अन्यथा आप अपनी सुविधा देखकर कोई भी अच्छा सा नाम रख लीजिएगा, इसमें लेखक को भी कोई आपत्ति नहीं है।

तो कथा कुछ यूँ है कि...

"एक बार एक फिल्म यूनिट, किसी आदिवासी इलाके में शूटिंग के लिए, जंगल में कैम्प लगाकर ठहरी। सुबह-सुबह कैम्प लगे... दिन भर काम हुआ, और शाम के पहले-पहले, यूनिट के तमाम लोग अपने-अपने तम्बुओं में शाम रंगीन करने के लिहाज से आराम फरमाने लगे...खाने-पीने की व्यवस्थाएँ होने लगीं। तम्बू लगाने, खाना बनाने, सामान की ढुलाई, और सबसे जरूरी काम...रात की पहरेदारी के लिए फिल्म निर्माता ने वहीं के स्थानीय आदिवासियों को दैनिक भुगतान पर काम में रखा हुआ

था। सबके सब कर्मठ थे...और निष्ठापूर्वक अपने-अपने काम को बखूबी अंजाम दे रहे थे।

तभी जंगल में कहीं बहुत दूर से ढोल बजने की आवाज आई।

ढोल की आवाज प्रबल थी... और बजते-बजते जैसे नजदीक सी आती जा रही थी। जंगल की सरसराती हवा के साथ अजीब सी रिदम में बजती ढोल की आवाज, कुछ-कुछ डरावनी और सिहरन पैदा करने-वाली थी।

उस आवाज को सुनते ही, सबसे पहले एक आदिवासी, जो कि तम्बू गाड़ रहा था...काम छोड़कर दौड़ता हुआ फिल्म के निर्देशक के पास आया और हाँफते हुए बोला...

"मैं जा रहा हूँ साहब...! ढोल बज गया ।"

"... तो?" निर्देशक ने हतप्रभ होते हुए पूछा।

"कुछ नहीं साहब...लेकिन मैं अब एक पल यहाँ नहीं रुक सकता। ढोल बज गया है...!" कहते-कहते वह सरपट दौड़ लगाते हुए जा चुका।

अभी निर्देशक कुछ समझ पाता, कि ढोल की थाप और तेज होने लगी। और भी दो-तीन आदिवासी अपना-अपना काम छोड़कर भागे।

निर्देशक चिल्लाया..."क्या हरामखोरी है? कहाँ जा रहे हो सब लोग...?"

वे भागते हुए चिल्लाए..." ढोल बज रहा है...! हे भगवान्...!!"

निर्देशक और फिल्म यूनिट के लोग अब सचमुच थोड़ा सा डर गए। फिर भी निर्देशक ने अपने पित्ते कसते हुए यूनिट के बाकी लोगों को दिलासा दिया...

"अरे डरने की कोई बात नहीं है... ये सब गँवार लोग हैं! भला ढोल की आवाज भी कोई डरने की चीज है?"

तब तक ढोल और तेज बजने लगा। जंगल में गूँजती उस ढोल की आवाज अब निर्देशक को भी भयावह लगने लगी थी। लेकिन यूनिट के सामने उसने खुद को मजबूत बना रखा था।

उसने हिम्मत करके, भागते हुए कामगार आदिवासियों में से सबसे अन्तिम आदमी को पकड़ा, और हकलाते हुए पूछा...

"अरे कुछ बताओ तो...! ढोल बज रहा है तो अब क्या होगा? क्यों बज रहा है ढोल?"

आदिवासी ने कहा..." साहब हमें जाने दीजिए! ढोल बज रहा है... अब जब ढोल बज रहा है तो...!" कहते हुए वह विस्फारित नेत्रों से निर्देशक को देखने लगा।

अब निर्देशक ही नहीं, यूनिट के भी लोग बुरी तरह डर चुके थे।

"हाँ...हाँ... ठीक है! ढोल बज गया, वह हम भी सुन रहे हैं...। अब क्या होगा?"

आदिवासी ने चारों तरफ देखा... और बोला, "अभी तो ढोल बजा है..."

कहते-कहते वह फिर रुक गया।

"हाँ हाँ...अब क्या होगा?" निर्देशक थरथर काँपते हुए बोला ।

"ढोल बज चुकेगा तो... अब नगाड़े बजेंगे!" आदिवासी ने बताया, और वह भी सरपट भाग लिया।

तो भाई लोगो... ढोल का बजना भयावह हो सकता है, भले ही वह खोखला हो, तो भी...।

दूर से बजता ढोल रिदमिक भी लग सकता है। लेकिन उससे भी ज्यादा डर की बात है, नगाड़े बजने की। ढोल तो बज गया, लेकिन जब ढोल के अनुसरण में नगाड़े बजते हैं, तो फिर कोई किसी की नहीं सुनता। ढोल नेतृत्व करता है और नगाड़े अनुसरण करते हैं।

डर ढोल से उतना नहीं है, जितना कि नगाड़ों से है।

उन नगाड़ों से, जो ढोल की एक थाप पर सैकड़ों, हजारों, लाखों और करोड़ों की संख्या में बज उठते हैं...अनवरत...बिना किसी रिदम के... अपने-अपने राग में ...

कड़ कड़ कड़ कड़...घइयाँ नाना...!!

आ गले पड़ जा

आ गले लग जा...।

निहायत ही अनौपचारिक आमन्त्रण है यह।

प्रेम तो स्पर्श माँगता ही है... यह आदिम माँग है। सो गले लग जाने में कोई हर्ज नहीं।

हर्ज तो दरअसल गले पड़ जाने में है। अधिक प्रेम प्रदर्शन में गला दबने की भी गुंजाइश बराबर बनी रहती है।

विदेशों में लोग प्राय: स्वतन्त्रता प्रेमी होते हैं, इसलिए वे गले लगने की बजाए आपस में दोनों गाल छुआने को ज्यादा प्रिफरेन्स देते हैं। हो सकता है कि उन्हे पता हो कि, गले मिलकर ही गले दबाए भी जाते हैं, और काटे भी जाते हैं। गाल और गले में यही एक रोचक फर्क है कि गाल अगर आप काट भी लें, या मसक भी दें, तो कम-से-कम जान जाने का खतरा नहीं है। लेकिन अगर गले मिलकर गला मसक दिया जाए तो बाद में लोग बस गाल ही बजाएंगे कि गले मिलने की ऐसी भी क्या पड़ी थी?

हमारे भारतीय इतिहास में तो गले मिलकर हुमच देने के अनेक उदाहरण मिलते हैं। अलाउद्दीन खिलजी ने गले मिलकर ही अपने पूज्य चाचा जी जलालुद्दीन की पीठ पर खंजर भोंका था। अफजल खान, शिवाजी के गले मिलकर उन्हे मारना चाहता था, लेकिन इस पारम्परिक गला मिलन में शिवाजी का बघनखा भारी पड़ा, और खुद अफजल खान ही खुदा से गले मिलने के लिए रवाना हो गए।

यानी, गले मिलकर, गला रेत देनेवाले सैकड़ों उदाहरण इतिहास में विद्यमान हैं। इधर सुना है कि चीन के राष्ट्रपति महोदय भी कुछ दिन पहले गले मिलकर गए थे...देखते हैं क्या होता है।

गले लग जाना, या गले से गला मिलाने की क्रिया स्वैच्छिक है। फिर भी भावावेश में कभी-कभी लोग तपाक से गले लग जाते हैं। रही बात गले पड़ जाने की, तो मुसीबत भी, सुनते हैं कि बिना किसी पूर्व सूचना ही गले पड़ती है।

दरअसल है क्या कि, गला जो है, वह शरीर का ऐसा मानक है जिससे कई चीजें मापी जा सकती हैं, यहाँ तक कि खुद गरदन भी...जिसे कि गले का ही विस्तार-क्षेत्र समझिए।

यदि खाना पेट की क्षमता से थोड़ा अधिक हो जाए, तो कहावत है कि खाना गले तक खा लिया है। भावावेश की अधिकता से भी गला भर आता है, और मित्रता में भी एक-दूसरे के गले में बाँहें डालकर गलबहियाँ बनायी जा सकती हैं।

गला, खाने के भी काम आता है और गाने के भी। कई बार तो ऐसा भी होता है कि जो खाने को दे, उसी के लिए गाना भी पड़ता है। चन्दबरदाई से लेकर आधुनिक मीडिया तक यह परम्परा निरन्तर पोषित रही है, और आज भी है। इसी प्रकार, जब गर्दन किसी के पाँव के नीचे दबी हो तो गला जो है वह हाथों से सहायता की माँग करता है, और फिर दोनों हाथ मिलकर उन पाँवों को सहलाते हैं, जिनके नीचे गला विश्राम कर रहा होता है।

गले का एक साइड जॉब, आवाज उठाना भी है। यह आवाज कभी मुक्त कंठ से निकलती है, तो कभी भरे गले से। कभी-कभी यह चीत्कार का रूप ले लेती है। जब सुननेवाले के लिए यह आवज असह्य हो जाए, तो इस आवाज के स्रोत को दबाने और घोंटने की भी परम्परा है। ऐसी स्थितियों में भी, गलती आवाज की होती है, लेकिन भुगतना गले को ही पड़ता है।

गला फाड़ना, गले की मजबूती पर डिपेंड करता है। और मजे की बात यह है कि, शरीर में दो ही अंग ऐसे पाए गए हैं जो बार-बार, हर बात पर फटने के बावजूद भौतिक रूप से सुरक्षित रहते हैं। गला उनमें से एक है।

जब दो विपरीत लिंगी, एक-दूसरे से गले मिलने की इच्छा करते हैं तो श्रृंगार रस बनता है। और जब उसी भाव से दो समानलिंगी गले मिलते हैं तो विद्रूप रस।

उपर्युक्त विपरीत लिंगी दोनों इच्छाधारियों में से जो पुर्लिंग है, वह बड़ी चतुराई से गले मिलने का आह्वान करता है, क्योंकि वह जानता है कि मात्र गले मिल जाने से ही, शरीर के कई आनुषंगिक अंग स्वयमेव ही, बाध्यकारी रूप से मिल पड़ेंगे। देखा जाए तो यह क्रिया, गले की गरदन पर रखकर बन्दूक चलाने जैसी है... जिसमें गला जो है, वह निमित्त मात्र है।

जब दो गले आपस में मिल रहे हों, तो इसमें हाथों का भी सहयोग रहता ही है। हाथों की सहायता से ही, विभिन्न प्रकार के गले मिलन को सार्थक किया जा सकता है। दो प्रेमियों के गला मिलन की प्रक्रिया में यदि हाथ, कन्धे या पीठ पर हों तो स्नेह और सौन्दर्य रस का प्रादुर्भाव होता है। किन्तु यदि हाथ अनुशासन हीन होकर, विपक्षी के कटि प्रदेश तक कलोल करने पर उतारू हों तो, गले के इर्द-गिर्द के हिस्से भी आपस में मिलने को मचल उठते हैं। इस समय दो प्रकार के विरोधी रस उत्पन्न हो सकते हैं... यदि दोनों पक्षों में सहमति होगी तो संयोग रस, और यदि विपक्ष ने वाक आउट किया तो रौद्र रस की उत्पत्ति होती है।

लब्बो लुआब यह ठहरा कि, गले मिलना वास्तव में एक गम्भीर प्रक्रिया है, और इसे अत्यन्त सावधानीपूर्वक ही सम्पादित किया जाना चाहिए। झोंक में गले पड़ जानेवाले, पैर पड़कर गले पड़ जानेवाले, उँगली पकड़कर, पहुँचे से होते हुए गले तक की यात्रा, पलक झपकते ही पूर्ण कर लेनेवाले तत्त्वों से भी एक सुरक्षित दूरी बनाए रखने की महती आवश्यकता है। क्योंकि, आज की गला काट प्रतिस्पर्द्धा में गले तक डूबे हुए लोग, कब इस गला सम्मिलन को "एट् ट्यू ब्रूटे..." में तब्दील कर दें, कहना मुश्किल है।

कोई कह गया है कि...
"कोई हाथ भी न मिलाएगा
जो गले मिलोगे तपाक से
ये नए मिजाज का शहर है
जरा फासले से मिलाकरो...!"

पक्ष-विपक्ष

सामान्यतः किसी भी पक्ष में होना, एक सुविधाजनक स्थिति है। खास तौर पर आलसियों के लिए तो और भी मुफीद है यह। क्योंकि किसी पक्ष में होना, आपकी ऊर्जा बचाता है, और बेकार की बहस से आपको सुरक्षित रखता है।

मरहूम रवीन्द्रनाथ त्यागी जी अपने एक संस्मरण में लिखते हैं कि, उनके एक उच्चाधिकारी थे, जो हर बैठक में, बहुमत के हर निर्णय पर सहमत हो जाते थे। सामान्य बहुमत से, वे कभी किसी मुद्दे पर असहमत हुए ही नहीं। जब भी उनका बॉस, या कोई उच्च अधिकारी कोई बात रखता, तो वे पूरे आत्मविश्वास से कहते... "बिलकुल ठीक बात है सर! यही होना चाहिए ..."

लेकिन अगर उसी समय कोई उसके विपक्ष में सार्थक तर्क दे देता, कि ऐसा करना ठीक नहीं होगा, और उस बात को पर्याप्त समर्थन मिल जाता, तो वे पूरी गम्भीरता से कहते...

"यह बात भी ठीक है सर! हमें इस बिन्दु पर भी विचार कर लेना चाहिए..."

और इसके बाद वे पुनः पूरी तन्मयता से, मुफ्त में मिले हुए नोटपैड पर एक गोल-गोल बिन्दु बनाने लगते।

एक बार उनसे किसी ने पूछ ही लिया कि आप तो खुद भी परम बुद्धिमान हैं सर! फिर क्यों हर बात पर आप सहमत हो जाते हैं? आपकी खुद की कोई स्वतन्त्र राय क्यों नहीं होती?

उन्होंने एक टूथ पिक उठाकर, उसके नुकीले हिस्से को गौर से देखा, फिर अँगूठे से उसे सहलाया।

जिज्ञासु अधीनस्थ, किसी अत्यन्त सारगर्भित उद्धरण की प्रत्याशा में उन्हें श्रद्धा भाव से देखता रहा।

उन्होंने टूथ पिक के नुकीलेपन से पूरी तरह आश्वस्त होते हुए, मुँह के अन्दर किन्ही दो दाँतों के बीच उसे फँसाते हुए कहा...

"जिस प्रकरण पर प्रायः सभी लोग सहमत हों, उसमें अपनी भी सहमति देना, आपको सदैव निर्णय के पक्ष से जोड़े रखता है बन्धु! लेकिन जैसे ही आप विपक्ष में अपना मत रखते हैं, कई बातें एक साथ जरूरी हो उठती हैं। सबसे पहले तो आपको विषय का पूर्ण ज्ञान हो, जो कि एक वृहदाकार फाइल में ठुँसा होता है। इस ज्ञान के लिए आपको पढ़ना होगा, समझना होगा, बैठक के कई दिन पूर्व से आपको तैयारी करनी होगी। यह ज्ञानियों का सत्य है...जिन खोजा तिन पाइंयाँ...!"

उन्होंने टूथ पिक दूसरे दाँत के पीछे पैबस्त कर दी और उसे हौले-हौले घुमाने लगे।

"और आपका सत्य क्या है गुरुवर?" मुँहलगे अधीनस्थ ने पुनः जिज्ञासा की।

"मेरा सत्य यह है कि, कई बार मुझे यही पता नहीं होता कि बैठक है किस विषय पर। मैं तो बस एक खाली फाइल, और नोट बुक उठाता हूँ, और पहुँच जाता हूँ ठीक वक्त पर। बैठक के प्रारम्भ में जो एजेंडा पढ़ा जाता है, वह हमीं जैसे लोगों के लिए बनाया जाता है। उससे मैं यह जान जाता हूँ कि आज की बैठक का विषय क्या है। इसके बाद मैं हर बिन्दु पर सहमत होता चला जाता हूँ, और इस प्रकार बैठक जो है, बड़े ही सकारात्मक ढंग से निपट जाती है...!"

अधीनस्थ, यह सुनकर भावविभोर हो गया।

बड़ी हद तक यह सच भी है।

किसी भी निर्णय का, किसी मुद्दे का विरोध करना, उसके बारे में पर्याप्त जानकारी माँगता है, मुद्दे की समझ माँगता है। जबकि सहमत हो जाना सबसे सरल उपाय है। आप जिससे भी सहमत होते हैं, वह आपसे कभी नहीं पूछता कि आप सहमत क्यों हैं? बल्कि वह तो आपको बलिहारी हो जानेवाली दृष्टि से देखता है। आप अनायास ही उसकी दृष्टि में विश्व के सबसे बुद्धिमान् और समझदार प्राणी हो जाते हैं।

जबकि आप असहमत हों, तो आदमी टूट पड़ता है आप पर। आपकी गरदन पर सवार होकर, लाल-लाल आँखों के साथ सैकड़ों सवाल दगते

हैं... क्यों असहमत हैं? असहमति का कारण क्या है? असहमत हैं तो निदान बताइए...आपकी समझ में क्या होना चाहिए इस पर? आप सी.आई.ए के एजेंट हैं, या आई.एस.आई के? कितना पैसा मिला है आपको हमसे असहमत होने के लिए? आप आदमी हैं कि पैजामा? दिमाग में गोबर भरा हुआ है आपके...? सहमत होने की ट्रेनिंग नहीं ली कभी? आप जैसे लोग ही देश को गर्त में ले जा रहे हैं...असहिष्णु कहीं के...आक थू!!

पर ये थोड़ी पुरानी बातें हो गईं।

हमेशा ऐसा ही नहीं होता, न ऐसा होना लाजिमी ही है।

आपके संस्कार पुराने हैं, इसीलिए अपने लेखक की बात से भी सहमत होने का मन बना लिया था। अच्छा हुआ जो आप समय से टोक दिए गए।

अब परिदृश्य जरा उलट है।

अब लोग विपक्ष में ज्यादा सहूलियत महसूस करने लगे हैं। पक्ष रखना आजकल मुश्किल होता जा रहा है। वेद, पुराण, इतिहास, भूगोल, सब आजकल गूगल में है। आपने पक्ष रखा नहीं कि, आप धरे गए। अब तो लोग यह भी पूछने लगे हैं कि, यदि आप मुद्दे के पक्ष में हैं तो क्यों हैं? साबित कीजिए कि पक्ष का समर्थन करके आप सही हैं। न कर पाए तो इतने जूते लगाएंगे कि पक्ष-विपक्ष सब आपकी पुच्छ में डाल देंगे... बड़े आए पक्षी...(विपक्षी का विलोम)।"

और विपक्ष में होना?

तो भाई साहब, विपक्ष में होने के लिए तो दाएं-बाएं सर हिला देना ही काफी है। हमें क्या बोलना...बता तो दिए कि हम विपक्ष में खड़े हैं। हम मौन हैं, कुछ नहीं बोलेंगे...

अब बोलें वे लोग...

जिन्हें साबित करना है कि, बात का पक्ष कितना सही है, क्यों सही है, और कैसे गलत नहीं है?

एक आधुनिक कविता की यथार्थवादी समीक्षा

कुछ ऐसा कर कमाल,
कि तेरा हो जाऊँ
मैं किसी और का हूँ फिलहाल
कि तेरा हो जाऊँ...!

सन्दर्भित पंक्तियों में प्रथम दृष्ट्या ही स्पष्ट है कि कवि जो है वह खुद को सलीम और नायिका को अनारकली समझता है, और रासलीला में सिद्धहस्त है।

यह भी कि, नायक में त्वरित "स्विचिंग" की अद्‌भुत क्षमता है। वह प्रेम में भीषण उदारवाद का पक्षधर है। यहाँ नायक में "छिनरापन" पूरी पराकाष्ठा के साथ विद्यमान है, जैसा कि उसका स्वयं का बयान है कि, वह फिलहाल तो किसी और का है, किन्तु उपयुक्त अवसर पर वह स्विच कर जाने की प्रबल इच्छा से लैस है।

यहाँ नायक जो है, वह चाहता है कि सामनेवाला पक्ष (जिसे इन पंक्तियों के आरोह, अवरोह ससंगीत समर्पित हैं) ही कुछ ऐसा "कमाल" करे कि, जिससे नायक को बिग पुश (परम धक्का) मिले, और वह कूदकर पाला बदलने में सक्षम हो जाए।

यहाँ, कविता के शब्दार्थ, भावार्थ और सौन्दर्यबोध के साथ, विशेष में लिखा जाएगा कि, कवि जो है वह चन्द्रयान के बिगपुश से प्रेरित है, जो कि उसे पृथ्वी के वातावरण से निकालकर अन्तरिक्ष में धकेलता है। विज्ञान इस गति-विशेष को पलायन वेग कहता है, और यही चीज अगर पानी में घटित हो तो उसे उत्प्लावन बल कहेंगे। लेकिन आप स्वयं देखिए

कि, कवि ने कामुकता को विज्ञान से किस प्रकार जोड़ा है, यही इस कविता का सौन्दर्य है।

अब पुनः कविता के केन्द्रीय कथ्य पर आते हैं।

यहाँ नायक ने जिस "कमाल" का जिक्र किया है, जो कि सम्मुख पक्ष द्वारा सम्पादित किया जाना है, वह "कमाल" क्या हो?

कवि ने इसका उत्तर न देते हुए, इसे पाठकों और श्रोताओं की निकृष्ट कल्पना शक्ति पर छोड़ दिया है, जिसे वे अपनी-अपनी उपलब्ध कमीनगी के आधार पर व्याख्यायित कर सकते हैं।

अब इस लिहाज से देखा जाए तो, ये पंक्तियाँ, रहस्यवाद या छायावाद के झुरमुट के आसपास कहीं ठहरती हैं। कविता रहस्यात्मक है और अब धीरे-धीरे सूफी परम्परा की ओर बढ़ रही है।

कहना न होगा कि...प्रस्तुत पंक्तियाँ, प्रेम और समर्पण के दो अतिवादी छोर उपस्थित करती हैं।

"सौ साल पहले, मुझे तुमसे प्यार था...(दो बार)

आज भी है, औऽऽर कल भी रहेगा...! (और में आरोह, थोड़ा खिंचाव के साथ)

उपर्युक्त पंक्तियाँ भी सुधीजनों ने सुनी ही होंगी। इन पंक्तियों का प्रणेता, एक परम्परागत प्रेमी था जो अति उत्साह में कुछ भी बोल सकता था। चाँद को तोड़ कर ला सकता था (ला तो खैर क्या सकता था लेकिन दावा कर सकता था), नायिका की माँग में सितारे सजा सकता था, दिल में घर बना सकता था, जुल्फों में रह सकता था। नायिका की आँखों को कमल, होंठों को गुलाब, गालों को सेब, मुख्तसर यह कि उसके चेहरे को बाकायदा फल-फूल और सब्जियों की चलती-फिरती दुकान बना सकता था। वह उपमाएँ और सुविधाएँ उसे इसलिए हासिल थीं कि उसने भौतिकी, रसायन, या जीवविज्ञान में अपना सर नहीं खपाया था, फलतः केवल कोकशास्त्र और वात्स्यायन के बूते वह एक सिद्धहस्त नायक था। अब के नायकों की तुलना में हम उसे आर्थोडाक्स या कंजरवेटिव कह सकते हैं। उस जमाने में नायिका का बाप भी नायक को यही कुछ कहता था, जिसमें वह अपनी सुविधानुसार, सार सार को

गहि रहे की तर्ज पर, अंग्रेजी शब्द "वेटिव" हटाकर केवल "कंजर" से काम चला लेता था।

यह समय की माँग है कि, ठोस और यथार्थवादी समीक्षा के मानकों के अनुरूप, अब हमें कविता के प्रगतिवादी या मार्क्सवादी पक्ष की ओर मुड़ लेना चाहिए।

बकौल मार्क्स, चीजें युग के हिसाब से बदलती हैं। मोड ऑफ प्रोडक्शन बदलने के साथ-साथ युग का इतिहास, भूगोल, दर्शन, साहित्य, कला, सब कुछ बदलता है...प्रेम भी जो है, वह इन्हीं के बीच कहीं अवस्थित है, अत: उसका तथा उसके व्यक्तीकरण के प्रारूपों का बदलना भी लाजिमी है।

तो, इस बदलते हुए उत्पादन के साधनों के आलोक में, अब नायक जो है, वह "सौ साल पहले, या सौ साल बाद" की तुलना में "फिलहाल" पर यकीन करने लगा है।

प्रस्तुत उद्धरण में, नायक पूरी शिद्दत और उल्लेखनीय हरामीपन के साथ जाहिर करता है कि, वह फिलहाल किसी और का है, लेकिन अगर दूसरे पक्ष की तरफ से किसी विशिष्ट कला, या कमाल का कोई मुजाहिरा हो, तो उसे पाला बदलने में कोई दिक्कत नहीं हैं। इन पंक्तियों में एक बात मार्के की है कि, यह भले ही प्रगतिवादी प्रेम का आख्यान हो, किन्तु विरोधों के सामंजस्य के तौर पर यह बात नोट की जानी चाहिए कि, यही प्रेम का आदिम स्वरूप भी है, जिसे मार्क्सवाद से अब तक अनजान, जानवरों ने अपना रखा है। मोर, लोमड़ी, कुत्ता, सियार और भेड़िए भी, मादा के रिझाने के तरीकों के अनुसार स्विच करने की प्रवृत्ति रखते रहे हैं, और सम्भवत: अभी भी रखते हैं।

अगर आप ध्यान देंगे, तो पाएंगे कि प्रस्तुत कविता का आन्तरिक सौन्दर्य, उसका समसामयिक सन्दर्भों से लटपटाना भी है। इन चार पंक्तियों से ही, हमारी महानगरीय युवा संस्कृति, बैंगलोर, हैदराबाद, मुम्बई, गुड़गाँव, नोएडा और दिल्ली में बतौर साफ्टवेयर इंजीनियर, एम.बी.ए., मार्केटिंग और आई.टी सेक्टर में कार्यरत प्रतिभाओं के, बेहतर अवसर की मौजूदगी में एक कम्पनी को स्विच करके, दूसरी कम्पनी को ज्वाइन करने की

मानसिकता को भली भाँति समझा जा सकता है। यहाँ दूसरी कम्पनी जो है, उसका "कमाल" आर्थिकी पर टिका है जिसमें मात्र कुछ शून्य जोड़कर वह यह कमाल कर पाती है कि नायक पुरानी कम्पनी छोड़कर, "उसका" हो जाए।

इससे यह भी सिद्ध होता है कि एक रूपक के जरिए, कवि ने समसामयिक सन्दर्भों का यथार्थवादी प्रस्तुतीकरण कितनी गहराई से किया है।

बहरहाल...

इस लिहाज से देखा जाए तो, कविता की शुरूआती पंक्तियाँ दोहरे स्तर पर अपना प्रभाव छोड़ती हैं, प्रेम और अर्थ दोनों के धरातल पर कविता अपने पाँव पसारती चलती है, जिसमें मजे की बात यह है कि, दोनों ही स्तरों पर, चाहे वह इमोशनल हो या इकॉनमिक...काँइयाँपन डंके की चोट पर बरकरार है। इस काँइयाँपन को, हिन्दी में "अवसर की उपलब्धता और उसका सदुपयोग" नामक पद्बन्ध से अधिक अर्थवान किया जा सकता है। और इस शुद्ध हिन्दी के जरिए, नायक स्वयं को हर स्थिति में जस्टीफाई कर सकता है।

खैर जाने दीजिए। यह तो बदलते युग का युगधर्म है। हम इसे कमाल करनेवाले पक्ष पर ही छोड़ते हैं कि वह क्या कमाल दिखाएगा। हम तो तेरे क्या, तेरे बाप के भी हो जाने को तैयार बैठे हैं। बस पाँचों उँगलियाँ घी में, और सर कड़ाही में होना चाहिए...

बस इतना सा ख्वाब है...!

सर्वपल्ली की माला और चाणक्य

आज बड़े सबेरे-सबेरे ही भेटा गए गुरु जी।

स्कूल के लिए ही निकल रहे थे शायद।

"कहाँ की सवारी है गुरु जी? आज तो छुट्टी होगी...?" हमने अपने दरवाजे पर बैठे-बैठे चाय का कश लेते हुए पूछ लिया।

"चूतिया हो क्या बे? आज शिक्षक-दिवस हैगा...छुट्टी कहे की?" वे भड़क गए।

"लेकिन ये तो बच्चे मनाते हैं न? अपने शिक्षकों के लिए। आप लोग भी अपने लिए खुदै मनाते हैं अपना दिवस?" आखिर छेड़ ही दिया हमने।

वे आकर बैठ गए। हमने एक कप चाय निर्माण के लिए अन्दर सन्देशा भेज दिया। गुरु जी चाय के, खास तौर पर, अपने घर के अलावा किसी की भी चाय के बेहद शौकीन हैं।

"अइसा नहीं है...! हम तो सर्वपल्ली जी की फोटो पर माला चढ़ाने जा रहे हैं... लगे हाथ एक ठो भाखन भी पेल देंगे!" उन्होंने अपनी कार्य योजना बताई।

"अच्छा गुरु जी... दिल से बताइएगा! शिक्षक की भूमिका क्या है इस युग में?"

हम भी आज फुरसत थे। हम शिक्षक दिवस को बेहद पसन्द करते हैं, क्योंकि यह दिवस केवल स्कूल में मनाया जाता है, हमारे आफिस में नहीं...चूँकि यह इस साल सेंकेंड सटरडे को पड़ गया था, इसलिए भी हमें अतीव सुख दे रहा था।

"पहिले अपना व्याकरण ठीक करो! बात जो है, वह दिल से नहीं... मुँह से बताई जाती है, समझे? और तुम्हारी बात का उत्तर यह है कि, आज के युग में शिक्षक को चाणक्य होना चाहिए। देश जो है, वह शंखनाद कर

रहा है, और तुम जो हो कि ससुर पिपिहरी बजा रहे हो?" चाय की प्रतीक्षा में वे झुँझलाए।

"वह तो ठीक है... लेकिन चाणक्य बन के ही क्या उखाड़ लेंगे? चन्द्रगुप्त मिला कोई अब तक हमने फिर उन्हें उँगली की।

"बिखरे पड़े हैं...बिखरे! पहचान नहीं पा रहे हो...मोतियाबिन्द का ऑपरेशन कराओ अपना!" वे कान्फीडेन्स के साथ बोले।

"ऐं? कहाँ मिला आपको?" हमने हतप्रभ होने का उपक्रम किया।

"क्या महराज...कोई एक ठो हो तो बताएं। सबके अपने-अपने चन्द्रगुप्त हैं...लेकिन गुप्त हैं! कोई बताता-वताता नहीं है। पहचानना तो चाणक्य को ही पड़ता है न? घर की साग-सब्जी वही तो लाते हैं सब... इसके अलावा दूध, दही, मट्ठा सब कुछ। दूध दही तो फटकार देते हैं हम...लेकिन मट्ठा बचाके रख लेते हैं...!" उन्होंने किसी उलटबाँसी का पूर्वाभास दिया।

"अच्छाऽऽ! घी निकालती होंगी भाभी जी बाद में!" हमने बिना किसी मुस्कुराहट के कहा... फिर भी आवाज में कृत्रिमता झाँक पड़ी।

"चूतिया ही हो तुम! लेकिन हमको न समझ लेना...। समाजशास्त्र पढ़ाते हैं हम...उड़ती चिड़िया के पर गिन लेते हैं!" उन्होंने बाँहें चढ़ायीं।

"क्षमा दीजिए गुरु जी... हमारा मतलब था कि मट्ठा क्यों सहेज लेते हैं?" हम बेहद निर्दोष ज्ञान पिपासु बन गए।

"मट्ठा सहेज लेते हैं हम, प्रिन्सिपल और प्रबन्धक की जड़ों में डालने के लिए! यही तो साले असली घनानन्द हैं... हम जैसे चाणक्य ही इनका सर्वनाश करेंगे...देख लेना!" उन्होंने अपने सर के पिछले हिस्से में हाथ फिराया, जैसे वह अपनी शिखा ढूँढ़ रहे हों... पर वह वहाँ नहीं थी।

"लेकिन गुरुवर... सभी शिक्षक चाणक्य हो जाएंगे, तो पढ़ाएगा कौन?" हमने बुद्धिजीवियों वाला मुँह बनाकर पूछा।

"ये जो तुम कहावतों की तुकबन्दी पेश कर रहे हो न? यह सब समझ रहे हैं हम। समाजशास्त्र पढ़ाते हैं, और समाज की नस-नस से वाकिफ हैं हम...एन.सी.ई.आर.टी में सब लिखा है...समझे कि नहीं? सब कुकुरिया जगन्नाथन जाएंगी तो धुरिहान कौन चाटेगा... यही कहना चाहते हो न तुम?" वे भड़क गए।

"क्या बात कर रहे हैं गुरु जी...यह कहावत तो पहली बार मैंने अभी आपके मुँह से सुनी। वैसे सज खूब रही है...!" हम जितने भोले बन सकते थे, बन गए।

"नहीं नहीं...देश संकट में है, और तुमको मजाक सूझ रहा है? यह समय राष्ट्र निर्माण का है। हमारी संस्कृति की रक्षा का है... गो रक्षा का है...गाय हमारी माता है। अब हम उसका अपमान नहीं सहेंगे...बताए देते हैं...!" उनकी त्योरिया जहाँ भी थीं...उस स्थान से थोड़ा ऊपर चढ़ गईं।

"आप रखे हैं अपने घर में माता जी को?" हमने उन्हें चिढ़ जाने दिया।

"नहीं... इस वाली सरकार से पहले रखे थे। हटा दिए...गोबर बहुत करती थी।"

उन्होंने बेचारगी से बताया।

"अच्छा गुरु जी, बुरा न मानिएगा। राष्ट्र निर्माण और गोरक्षा के प्रति आपके इस अगाध प्रेम के दृष्टिगत, कभी राष्ट्रपति पुरस्कार लेने का ख्याल नहीं आया आपको? शिक्षकों को तो मिलता है यह पुरस्कार...?" हमने जैसे उनकी किसी दुखती रग पर हाथ रख दिया।

"एक बात बताऊँ? किसी से कहोगे तो नहीं?" वे लगभग मेरे कान में घुसते हुए बोले।

"न...! मैं क्यों कहने लगा किसी से?" एक औसत भारतीय की तरह मैंने विद्याकसम खाते हुए कहाँ

"क्या है कि, शिक्षक को गऊ प्रेम होना स्वाभाविक है, क्योंकि वह खुद इसी नस्ल का प्राणी है। कान पकड़ के, जहाँ नहीं तहाँ लगा देते हैं शिक्षक को। चुनाव हम कराएं, पल्स पोलियो हम पिलाएं, मिड डे मील हम बनवाएं...क्वालिटी भी हमीं लाएं और राशन जो है, वह परधान खाए? अब रही बात पुरस्कार की...तो आज की तारीख में गऊ केवल शिक्षक है, प्रिन्सिपल अभी भी साँड़ ही हैं! राष्ट्रीय पुरस्कार के लिए मेरा नाम जानेवाला था, लेकिन भेज दिया दूसरे का घनानन्द है न सो राक्षस पाले हुए है। उसी का नाम भेज दिया। अब बताओ...हद्द है कि नहीं?"

हमने सहमति में सर हिलाया, बल्कि इतना हिलाया कि जिसका मतलब था...हद्द भर नहीं है, महा हद्द है।

"तो इसीलिए...! हम भी चाणक्य बनने को तैयार बैठे हैं... और यही हाल रहा न? तो देख लेना, हम भी एक दिन अन्ना घूमेंगे और बीच सड़क में बैठकर पगुराएंगे... अगर हमारी वकत न की तुम्हारी पीढ़ी ने! सालो हमको चाणक्य बनाना चाहते हो और खुद चन्द्रगुप्त नहीं बनना चाहते? हमको द्रोणाचार्य देखना चाहते हो...और खुद दुर्योधन बने बैठे हो? तुम्हारी भी जड़ों में हमीं माठा डालेंगे, देख लेना...।"

वे उठ खड़े हुए। सर्वपल्ली की फोटो, और गेन्दे की माला उनका इन्तजार कर रही थी।

अब वे रुकनेवाले नहीं थे।

नस्ल-ए-ज्ञानियाँ

ज्ञान अर्जित करना जितना दुष्कर कार्य है, उससे भी ज्यादा दुष्कर है उसे पचा पाना, आत्मसात् कर पाना। क्या है कि, ठोस से ठोस ज्ञान की भी सीरत द्रव रूप होती है। यह छलकता बड़ी जल्दी है। आज ज्ञान प्राप्त हुआ नहीं, कि कल से छलकने लगा। कुछ का बहने लगता है, कुछ का उफनाने लगता है और कुछ जो हैं, वे ज्यों का त्यों उलटने लगते हैं।

यानी, ज्ञानार्जन जितना कठिन कार्य है, उससे भी कहीं ज्यादा दुष्कर है उसका पाचन।

ज्ञान को आत्मसात् कर पाना, और उसे यथासम्भव, समुचित स्थान और समुचित मात्रा में प्रवाहित करना वास्तव में आत्मज्ञानियों के ही बूते का काम है। सुकरात भी इफरात पढ़कर, ज्ञान की सरिता में तमाम गोते लगाकर भी, अन्त में इतना ही जान पाया था, कि वह दुनिया का सबसे मूर्ख आदमी है।

"...मै दरअसल कुछ नहीं जानता...!"

यह जान लेना भी कितना बड़ा ज्ञान है, यह सुकरात ने ही पहली बार बताया था।

दार्शनिक कहते आए हैं कि, सत्य की भाषा मौन है।

हमारे बचपन में, हमारे एक हमउम्र चाचा जी भी दार्शनिक थे। लेकिन उनकी प्रस्थापना जरा उलटी थी। वे कहते थे कि, सत्य न बोलने की भाषा मौन है। जहाँ सत्य अहितकारी हो, और सम्मुख विराजमान तेल पिली लाठी के आपकी पीठ पर टूट पड़ने का खतरा हो, वहाँ मौन ही सबसे बड़ा हथियार है। उनके दर्शन से प्रेरणा लेकर ही, हम लोग जब बचपन में कोई गलती करते थे, या कोई चीज तोड़-फोड़ देते थे, और जब हमें

सावधान खड़ा करके पूछा जाता था कि यह किसने किया...तो हम लोग भी मौन हो जाते थे।

हम अपने बचपन से ही जानते आए हैं कि सत्य बोलने की तुलना में मौन ज्यादा बेहतर सद्गुण है। यह मौन जो है, आपको अज्ञान से भी बचाता है, और लात-जूतों से भी बचाने के लिए बेहद मुफीद है।

और मजे की बात देखिए कि, हमने तब दर्शन पढ़ा भी नहीं था। लेकिन इस नैसर्गिक सत्य से तब भी हमारा परिचय था कि मौन सबसे बड़ा बचाव है।

आज के युग में तो ज्ञान इफरात बँटने लगा है। बल्कि यूँ कहें कि ज्ञान बिना राशनिंग के वितरित होने लगा है। जबकि एक जमाना था, जब वेद, पुराण, शास्त्र भी गिने-चुने लोग ही पढ़ सकते थे। लेकिन अब सभा, सम्मेलन, जगराता, प्रवचन, रैली और सेमिनारों के जरिए चहुँ दिस ज्ञानामृत बँट रहा है। अगर आप इन स्थानों से भी चूक गए तो ये लोग वाया टी.वी, आपके घर में घुसकर ज्ञान आपके हलक में उँड़ेल देने पर उतारू हैं। गरज यह कि आप अब ज्ञान प्राप्त करने से किसी भी हालत में बच नहीं सकते।

तो आइए, ज्ञानियों की इन विभिन्न नस्लों के बारे में कुछ चर्चा करते हैं।

ज्ञानियों की पहली नस्ल होती है, एक कुएँ में पड़े, ठंडे-ठंडे पानी में उतराते हुए, कुएँ के व्यास, त्रिज्या, पानी के रंग, गुण धर्म, गहराई के बारे में विस्तृत ज्ञान धारियों की। अज्ञानी लोग, वैदिक काल से ही इन्हें "कूप मंडूक" कहते आए हैं। ये वस्तुतः सर्वज्ञानी होते हैं और जो ज्ञान इन्हें प्राप्त हो जाता है, उसके अतिरिक्त, तत्क्षण ही समस्त सृष्टि इनके समक्ष चूतिया हो जाती है। सीमित अहाते के भीतर विस्तृत ज्ञान के ये पुरोधा, कश्मीर समस्या से लेकर, तीन सौ सत्तर, समान नागरिक संहिता, सी.ए.ए. जनसंख्या, स्वास्थ्य और शिक्षा की समस्त समस्याओं के समाधान का एकमुश्त पैकेज रखते हैं। साथ ही, ऑन डिमान्ड ये लोग अमेरिका, इज़राइल, पाकिस्तान, अफगानिस्तान और चीन की आन्तरिक समस्याओं पर भी हाथ रखते हैं। इनकी आवाज में अश्रवणीय तारत्व होता है और ये तर्कशक्ति की बजाए वाकशक्ति पर यकीन करते हैं। इनका मानना होता है कि, जो बात जितनी जोर से कही जाए, उतनी ही सही

और प्रभावकारी होती है। गाँव के कुएँ, खलिहान, चौपाल, तीखर, और तालाब की भीट पर बैठने से लेकर, शहर के बस स्टाप, रेलवे स्टेशन, ट्रन के डिब्बे, चाय, पान की दुकानों और तहसील, कचहरी तक विस्तृत इस नस्ल ने वर्तमान युग में फेसबुक और ह्वाट्स अप के माध्यम से भी अपने हुनर को विस्तारित किया है।

इनसे मिलने और बात करने के काफी देर बाद तक, किसी भी सामान्य, निर्दोष मनुष्य का सर चकराना, खट्टा खट्टा लगना, कान से सांय सांय की आवाजों का प्रादुर्भाव और जी मिचलाने जैसे लक्षण प्रकट होते हैं। बाल नोचने (उसके भी और और अपने भी) की उत्कट इच्छा का प्रकट होना भी एक प्रमुख लक्षण है।

अब आते हैं ज्ञानियों की दूसरी नस्ल पर।

यह नस्ल, ज्ञान के "न्यूनतम अर्जन, अधिकतम विसर्जन" वालों की है। ये अध्ययनरत दिखते हैं, किन्तु उसे ग्रहण करने में विश्वास नहीं करते। अध्ययनरत रहने का मतलब यह नहीं है कि हमेशा किताबें पढ़ते हैं...ये अपना ज्ञान फेसबुक और ह्वाट्स अप जैसे वेदांगों से ग्रहण करते हैं। ज्ञान को पीसकर कर ये लुगदी नहीं बनाते, बल्कि उसके बड़े-बड़े कौर लेते हैं, और उसे चबाए बिना ही निगल जाते हैं। इस अधकचरी सामग्री के सहारे, ये अचानक ही किसी दिन किसी खास व्यक्ति, सिद्धान्त, विचारधारा या आन्दोलन के अलम्बरदार हो उठते हैं।

इनकी शैली भी आक्रामक होती है और बहस के दौरान ये अपने विरोधियों की माताओं-बहनों का भी स्मरण करते चलते हैं। कालान्तर में अपने मुहल्ले, पड़ोस और शहर में विश्व विजय के पश्चात्, ये स्वयं को किसी भी विचारधारा का स्वयम्भू मठाधीश घोषित कर, विपक्ष के लिए सारे दरवाजे बन्द करके, अपने ज्ञान के घूरे पर धूनी जमाकर बैठ जाते हैं, और अपने आसपास के कुत्तों को भगाने के लिए एक मोटा डंडा रख लेते हैं।

ज्ञानियों की तीसरी नस्ल, अनुभवजनित ज्ञानियों की है। इन्हें पूर्ण विश्वास होता है कि ज्ञान केवल अनुभवजन्य है, और अनुभव जो है वह केवल निजी होता है। अपने अनुभवों में अपने अनुमानों को भी घोलकर, जो नशा

करते हैं ये, कि फिर यही होश में रह जाते हैं, और समस्त विश्व इनके समक्ष आँय-बाँय-शाँय बकने लगता हैं। किसी गाँव का एक बुरा व्यक्ति इनसे टकरा जाए, और उसके साथ इनका जो अनुभव सृजित होता है, उससे ये पूरे गाँव को लंका मान लेते हैं, और हर व्यक्ति को रावण। इनके अनुमान भी, इनके अनुभव से ही सिद्ध होते हैं। जैसे यदि कोई बिना मूंछ वाला व्यक्ति इन्हें धोखा दे, तो इन्हें ज्ञान प्राप्त हो जाता है कि सभी बिना मूंछवाले व्यक्ति धोखेबाज होते हैं। अगर इनके घर में घुसा कोई चोर पकड़ा जाए, और वह चश्मा न लगाए हो, तो यह अपनी ज्ञान डायरी में बोल्ड अक्षरों में नोट करते हैं..." चोर कभी चश्मा नहीं लगाता!"

ऐसे ज्ञानियों ने अपने जीवन की टेढ़ी-मेढ़ी राहों से इतने विशद अनुभव एकत्र किए होते हैं कि, आप इनके साथ पूरी रात बैठकर ज्ञान प्राप्त कर सकते हैं। इन्हें भूत भी दिख चुके होते हैं और प्रेत भी। उनके रंग-रूप, आकार-प्रकार के बारे में आप पर्याप्त जानकारी पा सकते हैं, लेकिन बिना बहस किए। भूत, पिशाच, राक्षस, ब्रह्मराक्षस, प्रेत, चुड़ैल आदि के बीच के छोटे-छोटे अन्तर और उनकी प्रकृति के सम्बन्ध में, इनका विश्लेषण कमाल का होता है, जिससे आप केवल सिहर सकते हैं...और यही वे चाहते भी हैं।

ज्ञान श्रृंखला की इस तीसरी नस्ल का प्रमुख लक्षण है, अपने अलावा शेष विश्व को महामूर्ख समझना। इन्हें पूरा विश्वास होता है कि समस्त ज्ञान अनुभवजन्य है, और अनुभव जो होता है, वह निजी होता है। इनका ज्ञान, घटनाओं, अनुभवों और अनुमानों के सहारे निःसृत होता है। इनका मस्तिष्क, ज्ञान के साथ बल भर व्यभिचार करते हुए, विचित्र प्रकार के ज्ञानांगो की एक प्रयोगशाला के तौर पर निरन्तर अन्वेषण रत रहता है। अपने जीवन की टेढ़ी-मेढ़ी राहों से एकत्र किए गए अनुभवों को, ये किसी भी तर्क या वैज्ञानिकता से क्लैश नहीं होने देते। इन्हें भूत भी दिख चुके होते हैं और प्रेत, जिन्नात भी। उनके रूप, रंग, आकार, प्रकार और आदतों के बारे में इनके अपने निश्चित मत और कल्पनाएँ होती हैं, जिनसे सहमत न होनेवाले प्राणी ये बात करना भी पसन्द नहीं करते।

ज्ञानियों की यह नस्ल, भलीभाँति जानती है कि पृथ्वी जो है, वह शेषनाग के फन पर टिकी है, और खुद शेषनाग किस पर टिका है, इसकी चर्चा

कुतर्क है। ये यह भी जानते हैं कि साँप के पास एक मणि होती है जिसे अपने फन पर रखकर, उसकी नीली रोशनी में वह कीड़े खाता है और जरा सी भी आहट होने पर वह मणि को गप्प से मुँह में रख लेता है। वे बिलकुल क्लियर हैं कि मोर नाचते हुए जब भावविभोर हो जाता है तो उसके पसीने की बूँद पीकर मोरनी जो है, वह गर्भवती हो जाती है। ये ज्ञान शिरोमणि, साहित्य, फिल्म, धर्मग्रन्थों से अपनी अलग और विचित्र प्रस्थापनाएँ निकालते हैं और उन पर विश्वास करनेवाले पर्याप्त भोले ज्ञान-पिपासु भी पा लेते हैं।

हमारे गाँव के एक सेवानिवृत्त हिन्दी अध्यापक, शाम को कई लोगों से घिरे हुए, रामायण और रामचरितमानस की अभूतपूर्व व्याख्याएँ करते थे। वे बताते थे कि "सबसे सुन्दर नार पछाहीं, सपनेहुँ आन पुरुष जग नाहीं।"

अर्थात् सबसे सुन्दर स्त्रियाँ पश्चिम की मानी गई हैं, और उनका स्वभाव ऐसा है कि उनके लिए सपने में भी कोई पुरुष पराया नही हैं। पंडित जी की इन व्याख्याओं से गाँव का युवा वर्ग काफी प्रभावित होता था और स्त्रियों पर उनकी विशिष्ट प्रस्थापनाओं से, इस वर्ग की कल्पनाशीलता को काफी उत्तेजक और मजेदार सामग्री उपलब्ध होती थी।

इस युवा समागम से भिन्न, जब वे गम्भीर टाइप के बुजुर्गों के बीच बैठते थे, तो अचानक दार्शनिक टाइप की व्याख्याओं पर भी उतर सकते थे। वे बताते थे कि, तुलसी की चौपाई "माँगी नाव न केवट आना" की आज तक की गईं समस्त व्याख्याएँ फर्जी और मनगढन्त हैं। वास्तव में इसका अर्थ है कि "माँगी नाव, न केवट आना" अर्थात केवल नाव माँगी है हमने, केवट तुम मत चले आना। क्यों? वह इसलिए कि, जो खुद पूरे संसार को भवसागर पार कराता है, उसे केवट की क्या जरूरत? अत: भगवान् कहते हैं कि, हमें केवल नाव की जरूरत है, इसलिए नाव माँगी है। खिवैया तो हम खुद हैं।

और, अलाव के पास बैठे समस्त श्रोताओं को हतप्रभ छोड़कर वे अपनी भैंस की दोहनी करने के लिए उठ जाते थे।

मेरे एक मित्र के पिता, सर्वज्ञानी थे और उनका समस्त ज्ञान उनकी अपनी प्रस्थापनाओं से नि:सृत था। एक बार वे प्रयाग से गंगा स्नान करके, अपने

घर जाने के लिए बस में सवार हुए। बस अभी आधी दूर तक ही पहुँची थी, कि उन्होंने अपनी छठी इन्द्रिय से जान लिया कि उनके पीछे डकैत पड़ गए हैं, और वे भी उसी बस में यात्रा कर रहे हैं।

वे तत्क्षण सतर्क हो गए। उन्हें पूरा विश्वास था कि, जो डकैतों का सरगना उनके पीछे है, अर्थात पीछेवाली सीट पर सामान्य और भोले-भाले यात्री की भाँति यात्रा कर रहा है, वह बस के किसी सुनसान इलाके से गुजरते ही, मौका पाकर उन पर हमला करेगा।

इस बीच, बस एक भीड़-भाड़वाले स्टाप पर रुकी, और वे बड़ी चतुरता से, डकैत सरगना की नजर बचाकर बस से उतर गए।

बस से उतरकर, वे बचते बचाते अपने एक रिश्तेदार के घर जा पहुँचे जो कि संयोगवश उसी कस्बे में रहते थे, जहाँ के स्टाप पर बस रुकी हुई थी। हाँफते कांपते उन्होंने रिश्तेदार को अवगत कराया कि उनके पीछे डकैत पड़े हुए हैं, और स्वयं डकैतों का सरगना, उन्हीं की सीट के ठीक पीछेवाली सीट पर विराजमान है।

रिश्तेदार ने अपने परिचितों और मित्रों को इकट्ठा किया और सभी लोग लाठी और बन्दूकों से लैस होकर बस स्टाप की ओर कूच कर गए।

बस अभी भी स्टाप पर ही रुकी हुई थी।

बस में चढ़ते ही, मित्र के पिता जी ने एक व्यक्ति की ओर इशारा किया...

"यही है सरगना!" उन्होंने बताया।

सरगना को पकड़ लिया गया। तभी उसकी पत्नी और बच्चे भी आकर गिड़गिड़ाने लगे कि ये डकैत-वकैत नहीं हैं बल्कि एक साधारण किसान हैं और अगले स्टाप पर उतरना है। मित्र के पिता अभी भी यही रट लगाए थे कि यही डकैतों का सरगना है।

सरगना की तलाशी ली गई, तो उसके पास एक बीड़ी का बँडल, एक माचिस और ढाई-तीन रुपये की रेजगारी के अलावा कोई हथियार न निकला।

आखिरकार "सबूतों के अभाव में" सरगना को छोड़ दिया गया और यह भी मान लिया गया कि वह सचमुच ही एक गरीब किसान है, कोई डकैत फकैत नहीं।

लेकिन बावजूद इसके, मित्र के पिता ने उस बस में यात्रा करने से साफ इंकार कर दिया और दूसरी बस में बैठ गए।

"आपको ऐसा क्यों लगा कि वह डकैत है?" रिश्तेदार ने उनसे पूछा।

"चूतिया हो तुम सब लोग। वह सौ फी सदी डकैत ही था। तुम सबको उल्लू बना गया। बड़ा सरकस डकैत है। सारे हथियार भी गायब कर दिए उसने।" मित्र के पिता जी ने विश्वासपूर्ण स्वर में कहाँ

"लेकिन आपको शंका क्यों हुई, किस बात पर हुई कि वह डकैत ही है?" रिश्तेदार का मूल प्रश्न अपनी जगह टिका हुआ था।

"अच्छा...! उसका नीला कुरता दिख नहीं रहा तुम्हें? कौन पहनता है नीला कुरता? जरा सोचकर बताओ तो?" मित्र के पिता जी ने कहाँ

"हाँ, नीला कुर्ता तो पहने था। लेकिन उसका क्या?" रिश्तेदार हतप्रभ हुए।

"मेरा गाँव मेरा देस देखे हो सुनील दत्त की? जिसमें सुनील दत्त डकैत बना है। हिरोइन क्या गाती है उसमें...? कि जिसका कुरता है नीला...! समझे कुछ?" उन्होंने पूछा।

रिश्तेदार नहीं समझा।

"डकैत हमेशा नीला कुरता पहनते हैं!" उन्होंने पूर्ण आत्मविश्वास से अवगत कराया, और भुनभुनाते हुए दूसरी बस में जाकर बैठ गए।

बहरहाल...

यह सूची अनंतिम है। ज्ञान और ज्ञानियों की अन्य आनुषंगिक कोटियों पर शोध अभी जारी है।

भाव-वेभाव

"...हमाम में सब नंगे हैं!"

एक वक्ता ने भरी सभा में जैसे ही यह कहा, अफरातफरी मच गई।

कई लोगों ने हाथ उठाकर, इस बात पर इन्क्वायरी बिठाने की माँग की कि क्या वक्ता महोदय ने हमाम में सी.सी.टी.वी कैमरे लगवाए?

कुछ का विचार था कि यह वक्ता जो है, बहुत ही हरामी किस्म का आदमी है। इसने जरूर हमाम में चुपके से झाँक कर देखा होगा। यह बचपन से ताका-झाँकीवाला आदमी रहा है, और युवावस्था में तो दूसरों के घरों की दीवार कूदता था।

एक बुद्धिजीवी से लगनेवाले दढ़ियल का स्पष्ट मत था कि वक्ता का यह बयान अश्लीलता की श्रेणी में आता है। एक तो आपको हमाम में झाँकने का हक ही नहीं है। दूसरे, आप चिल्ला-चिल्लाकर मुनादी कर रहे हैं नंगई की। नंगा होना एक बात है, और नंगे को नंगा कहना दूसरी बात। नंगे तो सब हैं कहीं-न-कहीं। हमाम में न होंगे तो अपने घर में होंगे। गाँव, क्षेत्र में होंगे। लेकिन इसका क्या मतलब कि आप माइक में सबकी नंगई का ऐलान करेंगे? और अभी जो आपने कहा, वह तो हमामियों (हमामियों ही कहा मैने... कोई प्रिंटिंग मिस्टेक नहीं है) की व्यक्तिगत स्वतन्त्रता पर कुठाराघात माना जाएगा। कल को हम भी हमाम में होंगे तो आप हमारी भी फोटो खींचेंगे? लानत है आप पर!"

फिर कुछ लोग गले में गमछा, और माथे पर चुनरी बाँधकर आए और वक्ता को बाकायदा लठिया दिया। इस चिल्ल-पों के बीच जब आयोजक ने, लठियाए गए वक्ता के विरूद्ध सी.बी.आई. जाँच की माँग का आश्वासन दिया, तब जाकर मामला शान्त हुआ।

उसी सभा में एक बार पुन: हंगामा तब उठा, जबकि उक्त आश्वासन देते हुए आयोजक ने कहा..." मैं डंके की चोट पर कहता हूँ कि...!"

पब्लिक ने ऐतराज किया कि वे झूठ बोल रहे हैं। मंच पर कोई डंका नहीं था, बल्कि कई लोग तो साक्ष्य के तौर पर वीडियो भी बना रहे थे। कुछ का मानना था कि जिस डंके की चोट पर वह कुछ कहना चाहते थे, अगर वह मंच पर है ही नही तो निश्चित रूप से आयोजकगण डंके का बजट खा गए हैं। तत्पश्चात, अग्रिम पंक्ति के कुछ उत्साही लोग मंच पर चढ़े और आयोजक को भी अदृश्य डंके की भाँति ही पीट दिया। आयोजक, चूँकि खुद डंका नहीं था, अतः इस चोट की आवाज सभागार तक नहीं पहुँची।

क्या है कि, आजकल लोग सोच-समझकर नहीं बोलते। अगर बोलें भी तो, उन्हे अपने श्रोताओं की समझ का भी अन्दाजा होना चाहिए। कोई सबने तो मुहावरे, लोकोक्तियाँ नहीं पढ़ रखीं? यह भी जरूरी नहीं है कि सभी ने अलंकार, अभिधा और व्यंजना का ज्ञानार्जन किया ही हो? तो ऐसी जगह पर ऐसी बात कहना ही क्यों, जिसका शब्दार्थ और भावार्थ अलग-अलग हो? अगर किसी ने आपका भाव ग्रहण नहीं किया तो आपको तो बेभाव की पड़ेगी ही न?

आप कहेंगे कि, बन्दर क्या जाने अदरक का स्वाद...?

लोग कहेंगे कि बन्दर तुम्हें बताने आया था कि, अदरक के स्वाद से उसका कोई परिचय नहीं है? हम नहीं मानते, जब तक कि कोई बन्दर ही खुद आकर इसकी गवाही न दे, कि वह वास्तव अदरक का स्वाद नहीं जानता। और तब तक, आप इस कहावत और अदरक, दोनों से परहेज करें, अन्यथा आप खुद भी अदरक की तरह कूट दिए जाएंगे।

और कथनी ही क्यों, करनी पर भी कंट्रोल रखिए। जमाना बहुत खराब चल रहा है।

ये जो आप पल-पल में गिरगिट की तरह रंग बदल लेते हैं, वह वास्तव में गिरगिट की नैसर्गिक कला के कॉपीराइट का खुला उल्लंघन है। किसी भी दिन कोई मानवाधिकार संस्था, एक एफ.आई.आर. ठोंक देगी तो उल्लू की तरह बिसूरते रह जाएंगे आप। जब आप आबकारी विभाग की मीटिंग ले रहे होते हैं तो आह्वान करते हैं कि ज्यादा-से-ज्यादा सरकारी मदिरा बिकवाइए, राजस्व बढ़ाइए। और दस मिनट बाद जब मद्य-निषेध

की मीटिंग लेते हैं तो कहते हैं कि ज्यादा-से-ज्यादा पोस्टर लगवाइए, वाल पेंटिंग कराइए, लोगों को जागरूक करिए कि वे मदिरा को हाथ न लगाएं (मुँहलगी चीज है, लगाना ही है तो मुँह से लगाए), और फिर सर्किट हाउस के सुइट रूम में बैठकर आयातित स्कॉच के जरिए विदेशों का राजस्व बढ़ाते हैं...?

आपको लगता होगा कि जंगल में मोर नाचा, किसने देखा? आप भूल जाते हैं कि अब जंगल और मोर दोनों टी.वी. में आते हैं। शेर-शेरनी की प्रणय क्रीड़ाएँ तक लाइव टेलीकास्ट होती हैं। न तो सर्किट हाउस जंगल है, और न आप मोर। लेकिन कौन समझाए आपको? किसी दिन कैमरे का मुँह सर्किट हाउस के अन्दरवाले कमरे की तरफ घूम गया न, तो डिस्कवरी चैनल में देखेंगे लोग आपको भी। और इसके बाद लोग खुद ही आपका "पुछार" बना देंगे।

अच्छा यह सब छोड़िए।

चन्द्रमा को देखकर छोटे बच्चे के मन में चन्दामामा वाला जो भाव आता है, वही उसका सत्य है। जब तक चन्दा, उसका मामा रहता है तभी तक वह बच्चा भी रहता है। जिस दिन वह अपने मामा को किसी झंडे में देख लेता है, वह भी आधा... बस उसी दिन से उसका बचपन खतम हो जाता है और वह सूरज और चन्द्रमा में भेद करना शुरू कर देता है। पेड़-पौधों और लहलहाती फसलों में जिस हरियाली को देखकर उसने रंग पहचाने थे, और हरे रंग से पहली बार वाकिफ हुआ था, बाद में देखता क्या है कि, उस रंग का भी किसी झंडे ने पट्टा करा लिया है। और फिर देखते-देखते लाल, हरा, नारंगी, सफेद, नीला, पीला, सारे रंग, जिन्हें वह अपना मानता आया था...सब किसी-न-किसी के हिस्से में चले जाते हैं, और इस यात्रा में भौंचक बच्चा अन्त में खुद को बेरंग पाता है।

हमारे बचपन में, बारिश के पहले घिर आए घने बादलों में हमें विभिन्न आकृतियाँ दिखाई जाती थीं। बुजुर्ग हमसे पूछते कि, वह क्या दिख रहा है?

हम बेहद ध्यान से देखने के बाद बताते कि, "हाथी और हाथी की सूँड़!"

बुजुर्ग धमकाते "आँखें हैं कि बटन? बादलों में विराजमान गणेश जी नहीं दिख रहे तुम्हें?"

फिर हम आसपास के दूसरे बादलों को भी जोड़कर, उनमें गणेश जी ढूँढ़ने लगते। कभी सूँड़ नजर आती तो कभी चूहा। कहीं हवा तेज चल जाती तो हाथी और चूहा एक हो जाते और हमें उन्हीं बुजुर्ग की चितकबरी दाढ़ी दिखने लगती। हालाँकि हम उन्हे यह बात नहीं बताते थे।

उधर उसी गाँव या शहर के किसी दूसरे कोने में हमारे दोस्त जावेद के अब्बा उसे बादलों की लकीरों में सात सौ छियासी ढूँढ़ने पर मजबूर कर रहे होते।

अगले दिन जब हम स्कूल में मिलते, तो एक-दूसरे से अपना असली दृश्य शेयर करते...जावेद को बादलों में आर्ट के टीचर की बड़ी चोटी दिखी होती और हमें अपने हेड मास्टर का पिचका हुआ मुँह...फिर हम खूब हँसते।

अब आप खुद बताइए कि जब उन बादलों में हम अपने भाव खुद ढूँढ़ सकते थे, तो हम चूतिया क्यों बनते भला? इत्ता तो हम भी जानते थे, और जावेद भी, कि वे सिर्फ बादल हैं जो बरसकर निकल जाएंगे और निकलते-निकलते हजार तरह के रूप बदलेंगे।

दिक्कत बस यही है कि हम अपना खुद का चश्मा अपने बचपन में ही भूल आए हैं। अब तो जो हमें दिखाया जाता है, हम वही देखते हैं, और वही हमें दिखता भी है। हम अब अपनी भाषायी अभिव्यक्तियाँ, अपना भाषिक व्यवहार, शब्दों के तल पर खड़े होकर समझने लगे हैं...भाव का तल शायद, शब्दों के तल से एक तल्ला गहरे होता है...और गहराई से हमें डर लगता हैं। हमें ऊपर की ओर जाना सिखाया गया है...नीचे, गहराई की ओर नहीं। लेकिन भाव तो वहीं मिलते हैं न! थोड़ा सा गहरे जाकर?

तो, हे शब्द शिरोमणियो...! ये कौन बताएगा?

वन्दउँ प्रथम असज्जन चरना

"वे" अभी-अभी अपने पूरे जहूरे के साथ गए हैं।

और अपने पीछे देर तक चलनेवाली बतकहियों का सिलसिला छोड़कर गए हैं। वे जहाँ भी जाते हैं, कुछ-न-कुछ छोड़कर ही आते हैं। आदत है उनकी, शौक भी कह लीजिए चाहे।

"कुआयँ भइया...? बहु रैफल सैफल लीन्हें रहैं...? किसी ने जिज्ञासा प्रकट की है। लोग जिज्ञासु का मुँह चाहे बाद में देखें, केवल इस जिज्ञासा से जान लेते हैं कि यह आदमी इस गाँव का नहीं है। मेहमान होगा किसी के घर का।

"पाप आयँ पाप!" रामाधार ने साफी से अपना पसीना पोंछते हुए स्वगत कहा।

पारसी नाटकों से बिलकुल उलट, गाँव में "स्वगत" भी इतने जोर से बोलने की परम्परा है कि पूरा गाँव सुन ले। परगत और स्वगत में अन्तर बस इतना है कि, स्वगत किसी को सम्बोधित नहीं किया जाता। फलत: सामने खड़े हर व्यक्ति को पूरी छूट रहती है कि, वह स्वगत में बोले गए शब्दों को सुविधानुसार अपने लिए ग्रहण कर ले, या फिर अपने काम के न हों, तो यह सोचकर मुँह बिचका दे, कि ये उसके लिए नहीं हैं। कई बार तो इन्हीं स्वगत शब्दों को अगर कोई जबर आदमी अपने लिए ग्रहण कर ले तो लठिहाव की भी नौबत आ जाती है। लेकिन उस वक्त यह शैली, वक्ता के रक्षोपाय में काम आती है, और वह बेचारगी से कह सकता है कि..." तुमका थोरो आय कहो हऊँ!"

यानी कुल मिलाकर मामला उतना स्पष्ट नहीं रह जाता कि जिस पर लाठी प्रहार अवश्यम्भावी हो जाए। क्योंकि गाँव में, अक्सर विवादास्पद मामले "बाद" के लिए छोड़ दिए जाते हैं।

"हइल्या! अबै तौ ल्यावा हस पाछू पाछू लाग रहे ह...सबेरे से उनहीं के...? अब जो चलेगेहें तौ पाप होइगे?" इस प्रतिप्रश्न से स्पष्ट कर दिया है कि सामनेवाले ने रामाधार के पूर्व कथन को स्वगत के रूप में नहीं, बल्कि सूचना के रूप में ग्रहण किया था।

"का करन भइया...गोसाईं जी खुदै लिख गेहें... बन्दऊँ प्रथम असज्जन चरना!" रामाधार ने रामायन की पूँछ पकड़ी, और उसे अपने पक्ष में दे मारा।

"सही आय!" बबूल के पेड़ के पीछे से एक दरम्यानी आवाज आई, और उसी के पीछे-पीछे गोइन्ठा कहार भी निकल पड़ा...तमाखू मलते हुए।

"लेखक कै बात आय...तुलसी बाबा सबके खातिर कुछू न कुछू लिख गेहें...!" गोइन्ठा ने मानस मर्मज्ञ की तरह रामाधार के कोटेशन की तस्दीक की।

पुराने अवध प्रान्त, और अब तो देख जाए तो समूचे उत्तर भारत में रामायन भी गजब की कोटेशन कुंजी है। हर आदमी को अपने कृत्य-कुकृत्य, आलस, कायरता, नीति-अनीति, मतलब हर समय-परिस्थिति के लिए एक ठो दोहा, चौपाई, छन्द या सोरठा मिल ही जाता है।

लेकिन हुआ क्या था दरअसल...?

तो हुआ यह था कि रामाधार जो था, उसने गाँव बाहर अपने खलिहान की बाउंड्री करा कर एक कमरा बनवाने का विचार बनाया था। आज उसी "प्रोजेक्ट" का भूमि-पूजन था।

लेकिन रामाधार जैसे छोटे-मोटे (मोटे शब्द सिर्फ तुकबन्दी के लिए है...कृशकाय रामाधार के लिए नहीं) किसान-मजूर के भूमि-पूजन में "वे" क्यों आए थे...अपने लाव-लश्कर के साथ?

यही वह लाख टके का सवाल था, जिसे केवल उसके पडो़सी के अलावा, हर कोई जानना चाहता था।

तो पड़ोसी क्यों नहीं जानना चाहता था?

क्योंकि पड़ोसी जानता था, कि "वे" क्यों बुलाए गए थे।

तो चलिए, फिर वहीं से शुरू करते हैं...

तो हुआ यह था कि रामाधार जो था, उसने गाँव बाहर अपने खलिहान की बाउंड्री कराकर एक कमरा बनवाने का विचार बनाया था। लेकिन जिसे हमने अभी-अभी पड़ोसी कहा, और जिसका नाम श्यामाधार था, और जो रामाधार का चचेरा भाई भी लगत्ता था, और जिससे रामाधार की बरसों से नहीं पट रही थी, वह पड़ोसी आज कुछ भंड़चाचर बोने के मूड में था। वह भी कमजोर न था। एक पूर्व मन्त्री जी के साथ पिछले कई सालों से उनका "हमराह" था, और इस लिहाज से दरोगा-सिपाही भी उसकी सुनते थे। श्यामाधार के इसी प्रभाव के "काउंटर" के लिए रामाधार ने बड़ा हाथ पाँव जोड़कर "उन्हें" बुलाया था...पहली ईंट उनके हाथ से रखवाने के लिए। उनके हाथ से रखी गई ईंट को हटाने का माद्दा श्यामाधार तो क्या श्यामाधार के बाप में भी नहीं था, ऐसा रामाधार का मानना था, और चूँकि रामाधार का ऐसा मानना था तो बाकी गाँव को इस भूमिपूजन के अवसर पर गरम-गरम पूड़ियाँ, कद्दू की सब्जी, आलू टमाटर का सुरुवा, और पसर भर चीनी के साथ बूँदीवाला रायता खाने में क्या दिक्कत थी...?

बहरहाल... "वे" फसादी आदमी थे। चार-छह राइफलधारी अपने साथ रखते थे, स्कार्पियो से चलते थे और "बड़कवा" माने जाते थे। इलाके की कई रहस्यमय हत्याओं में उनका हाथ माना जाता था लेकिन इस बारे में कुछ पक्का नहीं था...आदमी को नहीं, कानून को। आदमी तो सब जानते हैं क्षेत्र भर के। बल्कि इतना जानते हैं कि जितना "वे" खुद नहीं जानते।

यह सब तो ठीक है...

कौन-सी नई बात बता रहे हैं आप...?

ताज्जुब यह है कि, "वे" आ कैसे गए रामाधार के कहने भर से?

तो जो जानते हैं...वे ताज्जुब करते हैं कि ...इस बात में ताज्जुब कैसा?

"... देखिए, क्या है कि, दो साल पहले उन्होंने इसी गाँव के एक घाट में बालू का ठेका लिया था।"

कहानी शुरू होती है यहाँ से!

"... उसी घाट में रामाधार भी रोजनदारी मजदूर के रूप में काम करता था। खेती-पाती तो जितना देना होगा, उतना ही देगी। किसान को

खेत नहीं...भगवान् देता है, और वही छीनता भी है। तो अगर लगे हाथ कुछ काम धाम मिलता रहे, तो घर की साग-सब्जी चलती रहती है, यह तो सब जानते हैं।

अब ये कब हुआ, कैसे हुआ...ये बात तो नहीं जानते हम। पर इतना जानते हैं कि रामाधार के घर का बना मीट-मुर्गा एकाएक पसन्द आ गया "उनको" ।

एकाध बार तो सब कुछ बन के, खदान तक पहुँचा। लेकिन चूल्हे के बने भोजन को अगर चूल्हे के सामने न किया जाए तो मजा क्या? लगा कि जैसे होटल से पैक करा के लाए हों...मने क्या चूतियापा है? घर का बना भोजन, खदान में बैठ के खाएँ?

तो भइया ...अब भोजन तो घर पर ही होगा, एकदम गरम-गरम । रामाधार के घर पर...दो तीन अंगरक्षकों के साथ "वे" आते। गरम-गरम मुर्गा परोसा जाता... और हथपई रोटी, घर की भैंस के गाढ़े घी के साथ। चूल्हे की ओर से आती चूड़ियों की खनक से "उनकी" भूख बढ़ जाती।

जिन्हें कभी-कभी अच्छा खाना नसीब हो, उनके लिए "भूख" का मतलब रोटी और दाल ही है...बहुत हुआ तो आम का अचार, हरा मिर्चा और एक ठो सब्जी रख लो कोई सूखी सी... कि नहीं?

लेकिन "उनकी" भूख को समझ सकते हैं भला हम और आप?

कौन-सी कमी है उन्हें? बस एक "हाथ" की ही बात है न? जो सारा कारबार छोड़कर चले आते हैं घर का खाना खाने।

"स्वाद" लग गया है, और क्या?" रामाधार पत्नी को समझाता है। और चुहल में उसे चिकोटी काटते हुए बोलता है, "बनाती भी तो इतना बढ़िया हो...! हमको तो खुदै लगता है कि अँगुरी चबा जाएं तुम्हरी!" रामाधार सही में चबाने लगता है एक उँगली। बहुत ही मुलायमियत से।

फिक्क से हँस देती है रामाधार की घरवाली।

स्वाद लगा तो है "उनको" । पर मिला नहीं अभी। कोई कसक है जो बच रही है।

रामाधार का भौकाल टाइट था उन दिनों। पूरे गाँव में...

अब भौकाल किसी का भी टाइट हो गाँव में, तो जलता पूरा गाँव है।

लोग कहते हैं...!

"हुँह! लोग तो कहते ही हैं कुछ-न-कुछ..."रामाधार की पत्नी नाक सिकोड़ती है। वह गाना नहीं सुने? कुछ तो लोग कहेंगे, लोगों का काम है कहना..."

अभी चारै-छह दिन पहले तो रेडियो आया है घर में। "वही" तो लाए हैं। कह रहे थे कि, "भउजी! खाना बनाते समय गाना सुना करिए! टैम पास होता रहता है।"

खूब चमकदार, पालिश किया हुआ रेडियो है। अइसे-अइसे गाने आते हैं कि का बताएं...

"तोरी दुइ टकिया की नउकरी में हमरा लाखों का सावन जाए रे...!

झमाझम्म बारिश में कौन-सी बालू निकलती है भला? तब भी वहीं पड़े हैं घाट ताक के। रात के मुरगा का गरम मसाला, गरम करगा है। इन्हें का पता? बस पइसा कमाना है इनको।

लेकिन चलिए, अब जिज्ञासा हुई ही है तो जान लेते हैं कि कहते क्या हैं लोग?

तो, लोग कहते हैं कि, जब तक "उनका" यहाँ ठेका रहा, रामाधार के घर पर हर तरह का माँस बना और खाया गया। "उन्होंने" तो जिन्दा माँस भी न छोड़ा।

कहते तो यह भी हैं कि, रामाधार की घरवाली के पास उन्हीं दिनों गहने-गुरिए बहुतायत में बढ़े। एक से एक फूलदार साड़ियाँ, स्नू, लाली, पौडर...और न जाने क्या-क्या।

लोगों को तो जलन ठहरी, रामाधार के इस नवजात रसूख से। हो भी क्यों न?

जब देखो, तब चार ठो राइफलधारी घर के बाहर दरवाजे पर मुस्तैद। और "वे" घर के अन्दर।

और रामाधार?

रामाधार बालूघाट में! और कहाँ?

कोई रोजनदारी मजदूर थोड़े है अब। उसने तो मुनीमी सम्भाल ली है। दिन भर तो लगे ही रहना पड़ता है, और ज्यादातर तो रात-रात भर भी। जिम्मेदारी का काम जो ठहरा।

एक भी ट्रक मिस्स हुआ तो लगी चपत पन्द्रह-बीस की।

भक्! इत्ते के पीछे रात क्या गंवानी? वह भी, जब जवान जहान मेहरारू घर में अकेली करवट बदल रही हो?

चूतिया हैं क्या आप लोग...एकदम्मै से? पन्द्रह-बीस रुपिया नहीं, पन्द्रह-बीस हजार की बात कर रहे हैं। देखे हो कभी एकट्ठा? हम तो रोजै गिनते हैं...!" फक्कड़ काछी को समझाता है रामाधार।

"ठीक बात है भइया। मालिक का भरोसा औ सन्तोसी माता का बरत...जो कोउ टोरो है, तौ नरक म जगा निहाँय फिर!" फक्कड़ काछी सहमत है।

रामाधार प्रसन्न है। कम-से-कम फक्कड़ तो समझता है उसकी बात।

लेकिन एक लास्ट प्रश्न फक्कड़ का भी चुभता है रामाधार को।

"पै भइया य बतावा कि, मालिक खइहैं घर मा...य बात तौ ठीक। पै सोइहैं घरै मा? य कहे?"

छोड़िए वह सब। गुजरी बातें हैं ये। उसी दिन रामाधार ने मुनीमी छोड़ दी थी। चाहे जो बात रही हो, हम क्या जानें?

पर आज उन्हें बुलाना पड़ा है। और देखिए, उनके आने भर से ही सब कारज बिना किसी बाधा के निपट गया कि नहीं? श्यामाधार का अता-पता नहीं है, कि है कहाँ? जबकि न्यौता दिए थे उसको भी।

बाकी, गोसाईं जी तो कही गए हैं न...कि,

बन्दउँ प्रथम असज्जन चरना!

मैं देखता हूँ

पाश्चात्य दार्शनिक देकार्त का एक कथन है...

"मैं सोचता हूँ, इसलिए मैं हूँ!"

यानी सोचने से ही, मनुष्य के होने की स्थापना हो जाती है। बहुधा लोग मानते हैं कि वे हैं, इसलिए वे सोचते हैं, जबकि देकार्त का मानना था कि हम सोचते हैं इसलिए हम हैं...

आई थिंक, देयरफोर आई एम!

इसी बात पर एक भारतीय कवि की भी बड़ी मौजूँ पंक्तियाँ हैं...

"मर जाने पर
आदमी कुछ नहीं बोलता
मर जाने पर
आदमी कुछ नहीं सोचता,
कुछ न बोलने,
कुछ न सोचने से
आदमी मर जाता है...!"

यानी एक बात तो तय है कि, सोचना और बोलना मानव प्रकृति है, जो उसके जीते जी उससे चिपकी ही रहेगी। हालाँकि मनुष्य भी एक पशु ही है, लेकिन वह अन्य पशुओं से इतर एक सामाजिक पशु है। और सामाजिक वह इन्हीं अर्थों में है कि वह सोचता भी है और बोलता भी है।

लेकिन इस सोचने और बोलने में, हम "देखने" को तो भूल ही गए। सामाजिक पशुओं की श्रेणी में एक और उच्चतर श्रेणी भी है जिसका घोष वाक्य है...

मैं देखता हूँ, इसलिए मैं हूँ!

वे सचमुच हर चीज को देखते हैं...देखते हैं और देखते ही जाते हैं।

मैं देखता हूँ, हम देखते हैं, देख लेंगे...देख लेना, देखिएगा... ये सब इस श्रेणी के "देखने" के बहुरूप हैं। कहीं ये एकवचन हैं, तो कहीं बहुवचन...बाकी लट्, लोट् और लंग लकार भी समय परिस्थितियों के अनुसार घटते-बढ़ते रहते हैं।

आप कभी किसी राजनेता के समक्ष कोई अर्जी लगाइए, तो प्राय: उत्तर मिलेगा...

"देखते हैं!"

"विज्ञान आओ करके सीखें" वाली तर्ज पर, अब वही अर्जी आप किसी बड़े अफसर के सामने लगाइए, तो उत्तर मिलेगा...

"देखता हूँ!"

अब मन्त्रालय और सचिवालय के अभ्यारण्यों से, वापस अपनी प्रयोगशाला में लौटिए और दोनों आश्वासनों को सामने एक लिटमस पेपर पर रखिए। क्या अन्तर दिखता है आपको?

दोनों में बहुत मामूली-सा फर्क है...एक "देखते हैं" और दूसरा "देखता हूँ"।

नेतागण सदैव बहुवचन में देखते हैं और अधिकारीगण एकवचन में।

क्यों?

वह इसलिए कि, नेता जी बहुमत से आए हैं, इसलिए वे बहुमत की ही भाषा जानते हैं। इसलिए वे बहुवचन में ही देखते हैं।

अधिकारी जो है, वह अपने बूते पर आया है। वह सिर्फ एक को जानता है...और वह एक, वह स्वयं है। अत: वह एक वचन में देखता है।

और जिसकी अर्जी है?

वह एक और बहु का अन्तर नहीं जानता। वह सिर्फ "वचन" देखता है, जो उसे उसकी अर्जी के जवाब में मिला है।

और इस प्रकार, देख लीजिएगा हुजूर... देखते हैं...देखता हूँ... की इस दृश्य यात्रा में लोकतन्त्र अपनी पूर्ण सुचारुता के साथ गतिमान् रहता है।

इस “देखने” के और भी कई आयाम हैं।

बचपन में हमारी किसी से लड़ाई होती थी, तो एक पक्ष, दूसरे पक्ष के विरुद्ध इसी अस्त्र से हमला करता था कि...“देख लूँगा!”

कभी किसी ने इस तथ्य पर ध्यान नहीं दिया कि अभी जब दोनों पक्ष एक-दूसरे के सामने मौजूद हैं, तो वे “देख लेने” को अनिश्चित काल के लिए स्थगित क्यों कर रहे हैं। वे अभी ही क्यों नहीं देख लेते... क्या वे अपना चश्मा घर पर भूल आए हैं, जिसे लगाकर, वे ठीक से बाद में देखेंगे?

इस पर मुझे एक घटना याद आती है।

हम दो-तीन मित्रों ने एक बार सिनेमा जाने का कार्यक्रम बनाया। मेरे एक मित्र ने बताया कि, एक पुराना मित्र जो हमारे साथ इंटरमीडियट में पढ़ा करता था, और अब शहर के डिग्री कॉलेज में पढ़ता है, वह कॉलेज के छात्र संघ का उपमन्त्री हो गया है। अगर वह चाहे तो, हम सभी को बिना टिकट के ही सिनेमा दिखवा सकता है।

उन दिनों छात्र संघ के अध्यक्ष, उपाध्यक्ष, की एक “न्यूसेन्स वैल्यू” होती थी, जिसका सम्मान, शहर के सभी सिनेमाघरों के मैनेजर, टिकटचेकर, गेटकीपर लोग किया करते थे। परन्तु हमें यह ज्ञात नहीं था कि कोषाध्यक्ष, मन्त्री और उपमन्त्री की भी वही वैल्यू थी या नहीं...या थोड़ी कम थी, या नहीं ही थी...कम थी तो कितनी कम थी? यह सब बातें हमारे जनरल नॉलेज से बाहर थीं।

बहरहाल, टिकट के पैसे बचते तो, हम उन पैसों का चुरमुरा, समोसा, या बेसन के सेब खा सकते थे...यह आकर्षण हमें अपने उस पुराने मित्र और वर्तमान उपमन्त्री के पास खींच ले गया।

“यार मैं तो न जा पाऊँगा!” उसने हमारे प्रस्ताव के उत्तर में कहा।

हमने तो उसे चलने के लिए कहा भी नहीं था। हमारा प्रस्ताव तो सिनेमा के “पास” हासिल करने का था, जो हम समझते थे कि छात्र संघ के पदाधिकारियों के पास होते हैं।

“तुम्हें चलने को कौन कह रहा है? हमें जाना है...बस तुम हमारा टिकट फ्री करा दो!” हमने अपना मसौदा पेश किया।

थोड़ी हील-हुज्जत के बाद उसने बताया कि पास-वास नहीं होता कोई...हमीं पास हैं! और हम जा नहीं सकते।

अन्त में एक बीच का रास्ता निकला। उसने एक पुरजे पर लिखा..."मयूर टाकीज, 4 लोग...फिरी!" और नीचे अपना नाम, पदनाम लिखकर दस्तखत कर दिए । हम लोग हर्षातिरेक में बिना उसे धन्यवाद दिए, अपनी-अपनी साइकिलों पर बैठकर टॉकीज की ओर दौड़ लगा दी।

टॉकीज पर पहुँचकर, हमने बाँहें चढ़ाते हुए गेट पर घुसना ही चाहा था कि एक कद्दावर गेटकीपर की छाती से जा टकराए। सर उठाकर देखा तो वहाँ एक साबू की शक्लवाला, बड़े डील डौल का गंजा आदमी स्थापित था।

"किधर?" उसने हिकारत से हमें देखा।

"पिक्चर देखने... और किधर?" हमने अपने पित्ते कस लिए।

"टिकट?" साबू ने संक्षेप में पूछा।

"पास है...मन्त्री जी का!" हमने धौंस दी।

"कौन मन्त्री?" वह ढिठाई से बोला और दरवाजे के बीचोबीच पूर्ववत खड़ा रहा।

"डिग्री कॉलेज का!" कहते हुए हमने पुरजा उसके सामने बढ़ा दिया, और उसके नतमस्तक होने की प्रतीक्षा करने लगे।

साबू ने पुरजा लिया, कुछेक क्षण तक उसे ध्यान से देखा...और पुरजे को कई छोटी-छोटी पुरजियों में तब्दील करके वापस हमारे हाथ में रख दिया। साथ में एक बेहद गम्भीर धमकी भी...

"अब यहाँ टाकीज के कैम्पस में भी दिखे तो ...!" बाकी का वाक्य उसने हमारी समझ के लिए छोड़ दिया, जिसका मतलब था कि रिक्त स्थान की पूर्ति हम स्वयं कर लें, तो उसे कोई ऐतराज न होगा।

हम साइकिलें लेकर, वापस मन्त्री जी के पास भागे। शो शुरू होने में अभी समय था, और टिकट लेने के लिए बाध्य हों, इसके पहले अपने अधिकतम प्रयास कर लेना चाहते थे।

मन्त्री जी पूरी घटना सुनकर क्रुद्ध हुए या क्षुब्ध, इसका अन्दाजा हम नहीं लगा सके। लेकिन खास तौर पर उनकी दी हुई पर्ची को फाड़ने की बात सुनकर वे आगबबूला ही हो गए। इसकी एक वजह यह भी रही होगी कि, हमने साबू की ओर से मन्त्री जी की शान में कुछ और काल्पनिक

कसीदे भी पढ़ दिए, जिसे सुनकर आनन-फानन में ही, वे हममें से एक के साथ साइकिल के अगले डंडे पर बैठे और तेजतर्रार छात्र नेता की तरह ललकारा..."चलो!"

टॉकीज पहुँचकर, "वे" सीना ताने हुए आगे बढ़े । हम उनसे चार-छह कदम की सुरक्षित दूरी बनाए हुए पीछे-पीछे...।

साबू वहीं मौजूद था, जहाँ उसे होना चाहिए था।

"पास क्यों फाड़ दिया?" मन्त्री जी ने गम्भीर तेवर के साथ पूछा।

"कौन सा पास?"

"अरे वही जो हम भेजे थे...इन लोगों के हाथ...!" मन्त्री जी ने हमारी ओर इशारा किया।

"पुरजी उरजी नहीं चलती यहाँ किसी की!" साबू ने जैसे नाक से मक्खी उड़ायी।

"मन्त्री हैं हम...डिग्री कॉलेज के! समझ नहीं रहे हो अभी!"

"सब समझ रहे हैं...यहाँ खाली अध्यक्ष का पास चलता है, वह भी जब वह स्वयं आए...अरची परची नहीं मानते हम!" साबू ने अपना फाइनल डिसीजन सुना दिया।

"मनीजर कहाँ है तुम्हारा?" मन्त्री जी ने आखिरी कोशिश की।

"घर में होगा अपने...वहीं चले जाओ!" साबू ने वार्ता का पटाक्षेप कर दिया और मुड़कर अपने काम में लग गया।

मन्त्री जी खरामा खरामा हमारी ओर लौटे और बोले...

"चलो कोई बात नहीं...। गेटकीपर साला जाहिल आदमी है। आज मनीजर भी नहीं है यहाँ... अब किसी दिन मैं "स्वयं" आऊँगा, तब देखूँगा...। तुम लोग आज टिकट ले लो...बल्कि एक मेरा भी ले लेना। अब जब आज का टाइम खराब हो ही गया है तो पिक्चर भी देख ही लेते हैं...!"

कहते हुए वे पास की पान की दुकान की ओर बढ़ गए। और हम लोग अनमने कदमों से टिकट खिड़की की ओर ।

उस दिन बेहद स्पष्ट हुआ कि, "देख लूंगा" और "बाद में देखूँगा" न्यायालय के किसी फैसले को विचाराधीन रख लेने के समकक्ष है। उससे न केवल मन्त्री जी का, बल्कि हमारा भी कान्फीडेन्स बना रह गया कि,

यह जो साबू है...वह बाद में कभी अवश्य "देखा" जाएगा।

हम सन्तुष्ट थे... और मन्त्री जी भी।

क्या है कि, हिन्दुस्तान मूलतः दार्शनिकों का देश है। फलतः दर्शन जो है, हमारे कण-कण में समाया हुआ है। और दर्शन जो है वह है..."दृश्यते इति दर्शनम्!"

सो हम भी तुरन्त कुछ करने की तुलना में, बाद में "देख लेने" पर ज्यादा यकीन रखते हैं।

हालाँकि हमारी इसी सुस्ती के चलते, समय-समय पर अनेक बाहरी लोग आते गए, और हमें कायदे से "देख" कर निकल भी गए।

हम "देखते" रहे...जैसा कि हमारा स्वभाव है।

कुछेक तो साहब...! आए भर नहीं, आए और कुर्सी डालकर बैठ गए... और दो-ढाई सौ साल की अल्पावधि तक हमें देखते रहे...निहारते रहे।

हम भी बहुत दिन तक देखते रहे...कि बाद में देखेंगे ठीक से।

और भाई साहब कसम खा के बता रहे हैं कि, एक दिन ऐसा भी आया कि, उनके लाट साहबों की पोशाकें, हमने अपने बैंड बाजावालों को पहनायीं और अपनी बरातों के आगे-आगे "मेरे देश की धरती" तक गवाया...।

देर से ही सही...पर हम देखते जरूर हैं! किसी मुगालते में न रहिएगा।

बता ही चुके हैं, पहले ही...

कि, दृश्यते इति दर्शनम्...!

जानकार लोग बताते हैं कि, अरस्तू भी दर्शन सीखने से पहले, हिमालय में ही कहीं आया था।

कुछ देखने ही आया रहा होगा...?

सोती सुन्दरी

"... और जैसे ही राजकुमार ने उसे छुआ, वह जाग गई।

उसके जागते ही, सारा महल जाग पड़ा। द्वारपालों ने फिर से अपने-अपने भाले मुट्ठियों में कस लिए। महल की रसोई का चूल्हा भक् से जल उठा और उस पर चढ़ा हुआ दूध पूरी शिद्दत से उबलने लगा। रसोइए ने, जिसका हाथ, रसोई के छिटपुट काम करनेवाले लड़के की किसी गलती पर, तमाचा मारने के लिए उसके गाल तक पहुँचा ही था, कि दोनों ही गहरी नींद सो गए थे, अब जागते ही चट्ट से लड़के के गाल पर पड़ा और वह रोते हुए भाग गया।

सारा महल जाग चुका था...फूल खिल गए थे, और उन पर भौंरे फिर से मँडराने लगे थे।"

यह कहानी हमने कक्षा दो, या तीन में पढ़ी थी। कहानी का नाम था, सोती सुन्दरी, जो कि...जैसा कि हमने बाद में जाना कि, एक अंग्रेजी कहानी "स्लीपिंग ब्यूटी" का हिन्दी अनुवाद थी।

युगों बाद, इतिहास ने खुद को दोहराया, जैसी कि उसकी आदत है।

और जब इतिहास खुद को दोहराता है, तो जरूरी नहीं कि हिटलर दोबारा जर्मनी में ही पैदा हो...या हर बात पर "हेल हिटलर" कहनेवाले भी जर्मनी में ही जन्म लें...। यह भी जरूरी नहीं कि, हर बार मालथस की सुविधा के लिए प्लेग, चेचक, या स्पेनिश फ्लू ही लौटकर वापस आए...और जनसंख्या नियन्त्रण सिद्धान्त की प्रकृतिवादी व्याख्या को ही बल मिले।

इतिहास में देश, काल, अस्त्र, पात्र, सब बदलते रहते हैं। नहीं बदलता तो खुद इतिहास...और उसके दोहराव की प्रवृत्ति।

तो हुआ यह कि, जम्बूद्वीप के एक विशाल भूभाग पर, फिर एक राक्षस सूक्ष्म रूप धरकर, हवाई मार्ग से यात्रा करता हुआ, किसी अभिशाप की तरह आन पहुँचा, और व्यवस्था नाम की सुन्दरी को "सो जाने" का अभिशाप दे दिया। यह उचित भी था कि, जिस प्रकार आँधी तूफान के आगमन पर, बजाए सड़क पर सीना तानकर चलते हुए, उसका मुकाबला करने के, किसी छप्पर के नीचे, या घरों की खिड़कियाँ और दरवाजे बन्द करके, कुछ वक्त के लिए रुक जाना और छिप जाना ही बेहतर विकल्प होता।

अत: इस राक्षस के मुकाबले के लिए कोई उपयुक्त हथियार उपलब्ध न होने की वजह से, खुद राजा ने ही व्यवस्था को कुछ महीने के लिए सो जाने का निर्देश दिया।

यह वक्ती जरूरत थी और किसी आवश्यक बुराई की तरह अनिवार्य थी। राजा वही करता है जिसमें प्रजा का हित हो...। फलत: प्रजा जो भी, वह बाध्यकारी रूप से "सो" गई।

और करती भी क्या? यह व्यवस्था का प्रश्न ही नहीं, जीने और जीते रहने का भी प्रश्न था।

और फिर हुआ यह कि, जो जहाँ था...जैसा था, जिस हाल में था, वहीं रुक गया, और सो गया।

कल-कारखानों की चलती मशीनें रुक गईं। यातायात के सारे साधन अपनी-अपनी जगह पर थम गए। लोग अपने-अपने घरों में कैद हो गए। सड़कों पर राक्षस के आतंक की भयावहता थी...वे सूनी हो गईं। सारी व्यवस्था वक्त के टुकड़े में सिमटकर गहरी नींद में कुलबुलाती हुई, एक जबरदस्ती की नींद सो गई।

कहानी की ही, किसी अभिशप्त सुन्दरी की तरह!

राक्षस का आतंक, और उसके किसी को भी छू लेने का डर...चारों ओर विद्यमान था।

फिर अचानक एक दिन, लोग इस लम्बी, बाध्यकारी नींद से उकता गए।

सोता हुआ सम्पूर्ण जम्बू द्वीप कुलबुलाने लगा।

अचानक लोग राक्षस की भयावहता को भूल गए, क्योंकि उनका डर अपना रूप बदलने लगा। उन्हें अब सबसे ज्यादा डर, वक्त की रफ्तार के रुकने से लगने लगा। अब उन्हें भूख, प्यास, अपने घर की याद, अपनी आजादी की चिन्ता, इस जबरदस्ती की नींद से भी ज्यादा सताने लगी।

राजा प्रजावत्सल थे।

उन्होंने प्रजा की भावना को समझा, और व्यवस्था को फिर से जाग जाने का निर्देश प्रदान कर दिया। उनका तो स्वभाव ही ऐसा था कि वे लोगों से पूछ-पूछ कर "प्रदान" करते थे। इतना दे दूँ कि उतना दे दूँ, कि और दे दूँ...कितना दे दूँ?

वे आकाशवाणी की भाँति प्रजाजनों से पूछते थे। और फिर बिना उनसे पूछे...अधिक-से-अधिक देने की घोषणा करते हुए कहते थे...चलो इत्ता दिया...!

और प्रजा अभिभूत हो उठती थी। क्योंकि वह अभिभूत होने की आदी थी...उसे सिखाया गया था कि उसे कब और किस प्रकार अभिभूत होना है।

सो, व्यवस्था को पूरी तरह जाग जाने का निर्णय प्रदान हो गया।

गो कि, राक्षस का अभिशाप अभी खत्म नहीं हुआ था, बल्कि वह और भी विशाल रूप लेकर, रक्तबीज की तरह, एक से दो, दो से चार और चार से आठ होते हुए, मुहल्ले, गाँव और शहरों के ऊपर अपनी काली छाया लिए, कुलाँचें भर रहा था।

तो "जागने" का आदेश पारित होते ही, व्यवस्था के थमे हुए पहिए चल पड़े।

लोग तत्काल ही, सड़कों पर झुंड-के-झुंड निकलकर, चाय-पान की दुकानों पर पूर्ववत लन्तरानियाँ करते हुए, मुँह भर-भरकर, इतने दिनों की प्यासी सड़कों पर थूकने लगे। घरों की खिड़कियाँ खुल गईं और गली-मुहल्लों के नुक्कड़ों पर फिर से ताश की बाजियाँ, जहाँ पर रुकी हुई थीं, वहीं से चल पड़ीं। बादशाह, बेगम पर भारी पड़ा...गुलाम छिटककर मनरेगा की किसी बनती हुई चकरोड के किनारे जा लगा और तुरुप का

दुक्की फिर से फूलकर कुप्पा हो गई। चिड़ी के गुलाम फिर काम पर निकल पड़े और हुकुम का रंग फीका पड़ने लगा।

इस पूरे "निद्रा शाप" में बस एक ही बात उस पुरानी कहानी से भिन्न थी कि, इसमें प्रहरी, द्वारपाल, और दंडनायक नहीं सो सके थे। उन्हें सोने की अनुमति भी नहीं थी। सो इसका असर यह हुआ कि, अब जहाँ सभी लोग जाग गए थे, तब द्वारपालों और दंडनायकों की मुट्ठियाँ अपने-अपने भालों पर शिथिल हो गईं थीं।

लेकिन, अब तक सोता हुआ दीगर अमला जैसे चौंककर जाग उठा।

सोने के ठीक पहले उनके सामने नींद के पहले दिन के दस्तावेज, मुँह बाए खुले पड़े थे... कलम हाथ में थी, पत्रावलियाँ फड़फड़ाती हुई जहाँ-की-तहाँ रुक गई थीं। दंडनायक भले ही जाग रहे थे, लेकिन उनकी तलवार, अभियुक्त की गर्दन पर तनी हुई अपनी जगह पर ही फ्रीज हो गई थी और गर्दन जो थी, वह भी झुके झुके ही सो गई थी।

फैक्स, मेल, और "अत्यावश्यक"..."गोपनीय"..."तत्काल" जैसी मुहरबन्द चिट्ठियाँ भी अपने भीतर रहस्यमयी राजाज्ञाओं को सहेजे हुए ही गहरी नींद में जा चुकी थीं।

लेकिन जैसे ही अमले को जागने का हुक्म मिला, वह यूँ जागा कि जैसे वह कभी सोया ही नहीं था।

निद्राकाल के पूर्व की चिट्ठियाँ फड़फड़ा कर जागीं। राजाज्ञाएँ अपने स्वाभाविक स्वर में दहाड़ उठीं। फैक्स और प्रिंटर खरर...खरर करते हुए अपने मुँह से कागज-पर-कागज उगलने लगे।

इतना ही नहीं... निद्राकाल के पूर्व के निर्गत आदेश-निर्देश आँखें मिचमिचाकर उठे और अँगड़ाई लेते हुए स्पष्टीकरणों में तब्दील होने लगे। उनकी बड़बड़ाहटें, भिनभिनाहटें और चिल्लाहटें सप्तम सुर में राज्य के कोने-कोने में विस्तार लेने लगीं...

..."राजस्व अपने लक्ष्य को क्यों नहीं प्राप्त हुआ?"

..."वृक्षारोपण के लिए गड्ढे क्यों नहीं खुदे?"

"...करापवंचकों की धर पकड़ इतनी शिथिल क्यों? धर पकड़ो उन्हें, और सूली पर चढ़ा दो!"

“...पानी, बिजली, घर, व्यापार, गाड़ियों के टैक्स अभी तक क्यों नहीं जमा हुए? विगत महीनों में इस पर क्या कार्यवाही हुई...नहीं हुई तो क्यों नहीं हुई...?

... और खबरदार! जो अपने स्पष्टीकरण में किसी ने उस राक्षस का नाम लिया तो...!

सोती सुन्दरी जाग गई थी।

लेकिन इस कहानी का उपसंहार, परी कथाओं की उस कहानी से भिन्न निकला, जिसका अन्त सुखद था, और हमारे बचपन को एक गहरी और चिन्ता मुक्त नींद की गोद में ले जाता था।

इस कहानी के अन्त की भयावहता यह थी कि...

राक्षस अभी भी सौ गुना रफ्तार से बढ़ता हुआ, भयानक अट्टहास कर रहा था...।

एक सघन समीक्षा बैठक

बड़े साहब का इन्तजार हो रहा है।

नहीं... आपको क्या लगता है कि सरकारी अधिकारी, दफ्तर में बैठकर केवल लन्तरानियाँ करते है?

नहीं ...नहीं...कह दीजिए न, कि सरकारी अधिकारी कामचोर हैं, ढपोर शंख हैं, दिन भर ए.सी. में बैठते हैं, काम धेले भर का नहीं करते... रिश्वत लेते हैं सो अलग!

अरे भाई साहब...! आप क्या समझेंगे? "सघन" समीक्षा बैठक है आज...सघन।

सघन का मतलब जानते हैं आप?

मतलब कि सघन...बोले तो बहुतै सघन। आज कितनों की खंड़िया खुरपी हो जाएगी, पता है आपको?

बस ऐसई खीसें निपोर रहे हैं...!

कमरे का ए.सी ऑन कर दिया है तीन घंटे पहले से ही।

आप लोगों को तो कोई अन्दाजा है नहीं...? बड़े साहब कमरे में घुसें, कमरे में ठंडा माहौल हो, रूम फ्रेशनर हो, तो समीक्षा बैठक का रंग ढंग ही बदल जाता है।

केवल ठंडे की ही बात नहीं है भाई साहब। वह तो कोल्ड स्टोरेज भी होता है...

तो, कुर्सी में नई सफेद तौलिया लगा दी है...कलमदान में कुछ नए रंग-बिरंगे पेन रखवा दिए हैं...

भगवान् न करे, कि इन पेनों के चलने की नौबत आए।

क्या महराज...!

इतनी रामकथा हो गई, और अभी आपको कुछ समझै नहीं आ रहा?

कितनी बार बताएं कि, बड़े साहब निरीक्षण पर आ रहे हैं, छोटे साहब उन्हें रास्ते से रिसीव करने गए हैं... बड़ी ही सघन समीक्षा बैठक है आज। आज की समीक्षा बैठक की रिपोर्ट सीधे मुख्यालय जानी है... बड़े साहब यहीं से टाइप करा के, आनन-फानन में भेंजेंगे ।

... आप तो पाठक हैं। ले लीजिए हलके में...!

हमारी स्थिति क्या समझेंगे आप?

पिछले एक सप्ताह से बन रही है बुकलेट। हर कॉलम की पड़ताल इतनी बारीकी से कि क्या बताएं? लोक सेवा आयोग के मेंस की तैयारी में भी इतनी हबड़-दबड़ नहीं थी। कसम से, विद्या कसम खा के बता रहे हैं।

पूरे स्टाफ की नींद हराम है एक हफ्ते से। वह हम जानते हैं, और स्टाफ जानता है...। आपसे क्या मतलब?

आ गए...! एक शोर-सा उठा है कहीं नीचे से।

अब आपके लिए तो ये दो शब्द होंगे महज।

लेकिन आप नहीं जानते कि पूरे कार्यालय के लिए "आ गए" शब्द कितना विस्फोटक और क्लाइमेक्स से भरपूर है।

द्वितीय विश्व युद्ध की घोषणा तो याद होगी आपको? प्रथम वाली भी चलेगी।

हिरोशिमा नागासाकी में परमाणु बम भी गिरे थे...इतिहास पढ़ा हो अगर आपने।

इन्द्रा जी ने जब इमरजेन्सी लगायी थी?

उदाहरण पर्याप्त हो गए हों तो, अब आप समझ ही गए होगे कि बड़े साहब के, आफिस में पहुँच जाने की घटना पर हम किस तरह रिएक्ट करें?

बस यूँ समझ लीजिए कि आज जिन्दगी और मौत का सवाल है... और हर छोटे मझोले अधिकारी के मन में एक ही संगीत गूँज रहा है... कि,

"जिन्दगी मौत ना बन जाएऽऽऽ...सम्भालो यारो!" ("जाए" में मन-ही-मन एक लम्बा आरोह दें...यह गाने के संगीत की माँग है)

"...हूँऽऽ!" बड़े साहब ने कुर्सी पर व्यवस्थित होते हुए पूरे कमरे की सभी दीवारों से होते हुए, हर अधिकारी के चेहरे तक अपनी सूक्ष्म नजर दौड़ाई। छुपता नहीं कुछ उनकी नजर से...दीवार के एक कोने पर दुबका हुआ कुछ माइक्रॉन तक का कीड़ा भी नजर आ गया है उन्हें, और उसकी ताक में बैठी छिपकली भी।

वे अपेक्षाकृत एक छोटे साहब से मुखातिब हुए हैं..."तो? कैसा चल रहा है?"

"सब ठीक ही है सर! वजन थोड़ा बढ़ रहा है, शुगर भी बार्डर लाइन पर आ गई है पिछले वीक... वैसे टहलता रोज हूँ दो किलोमीटर...लेकिन ..."

"हद्द है यार! मैं आफिस की बात कर रहा हूँ और तुम अपनी गाथा सुनाने लगे?" बड़े साहब झुँझलाए।

"ऑफिस का? वह तो ठीके है सर...।" छोटे साहब ने संक्षेप में बताया।

"नमकीन लें सर! नवरत्नी है..." एक मँझोले कद के मँझोले साहब ने प्लेट उनकी तरफ बढ़ाई। बड़े साहब ने उसमें से ढूँढकर एक काजू निकाला और कुतरने लगे।

"नमकीन तो बढ़िया मिलती है पुंजीलाल हलवाई के यहाँ। प्रमोशन के पहले, जब मैं यहाँ पोस्टेड हुआ करता था तो वहीं से मँगाता था...।" बड़े साहब ने मौजूदा नमकीन को लगभग रिजेक्ट करते हुए बताया।

"वहीं की है सर! पुंजीलाल तो मर गया है, उसका लड़का है मुंजीलाल...अब वही बनाता है।" मँझोले साहब ने सोत्साह बताया।

"जब हम यहाँ पर थे, तो बात ही कुछ और थी...अब हर चीज की क्वालिटी गिर गई है...। वो बात नहीं रही..." बड़े साहब ने मेज पर गिर गई एक किशमिश को उठाकर मुँह में डालते हुए अफसोस किया।

सबने भी बेहद अफसोस किया...आज अगर साहब यहाँ पोस्टेड होते तो शायद पुंजीलाल भी न मरता।

मीटिंग में गहरे दुख और निराशा का वातावरण छा गया।

एक मुँहलगे साहब ने अवगत कराया कि, साहब बिलकुल सही कह रहे हैं...और पुंजी-मुंजी लाल ही क्यों, अब न तो मथुरा के पेड़ों में वह

बात रही, न आगरे के पेठे में...। क्या है कि, क्वालिटी जो है, वह हर जगह गिर रही है।

सभी ने बड़े साहब की ओर देखा। वे सहमत नजर आए...अत: सभी लोग जल्दी-जल्दी सहमत हुए, कि कहीं सहमत होने में देर न हो जाए।

"काम की बात करें अब...? कितनी वसूली हुई इस महीने में अब तक...?" बड़े साहब ने एक जिम्मेदार टाइप के लगनेवाले छोटे साहब से पूछा है।

छोटे साहब लजा गए हैं..."आप भी न...एकदम्मे से ओपन हो जाते है!" वाली मुद्रा में।

"काहे शरमा रहे हैं? आपकी वसूली की बात नहीं कर रहा...सरकारी राजस्व की बात हो रही है महराज...!!" बड़े साहब दाँत पीसते हैं।

"अच्छा वह सर? पछत्तर परसेंट हुआ है अभी तक।" उन्होंने बुकलेट खोल ली।

"बस? महीने के चार दिन बचे हैं...क्या उखाड़ लेंगे आप?" बड़े साहब उखड़ रहे हैं।

मीटिंग के लिए अच्छा संकेत नहीं है यह। वे एक बार उखड़े तो सबको उखाड़ते चले जाएंगे।

"सर क्या करें? एक ही आदमी है...फील्ड वर्क के लिए!" संसाधनों का रोना, प्राय: हर बैठक के लिए बेहद मुफीद नुस्खा है।

"दो आदमी लगा दें, तो डेढ़ सौ परसेंट हो जाएगा?" बड़े साहब ने गणित के अध्यापक की भाँति, आशान्वित होते हुए पूछा।

"वह सर...क्या है कि!"

छोटे साहब भी कोई कमिटमेंट करके रिस्क नहीं लेना चाहते। बड़े साहब के मूड का क्या पता? कल ही से एक आदमी और पोस्ट कर दें तो...? फील्ड का तो पता नहीं...लेकिन बाकी चीजें तो कल से ही आधी-आधी हो जाएंगी। बड़े साहब तो सैद्धान्तिक गणित की बात कर रहे हैं, लेकिन व्यावहारिक गणित भी कोई चीज होती है, जिसे फील्ड का अफसर ही जानता है।

"सर एक ठो बात बताएं...ऑफ द रिकार्ड...।" साहब के साथ ही आए एक मुँहलगे अधिकारी ने पूछा।

सब की निगाहें उनकी तरफ मुड़ीं... बड़े साहब का अभयदान पाकर वे स्टेनो से मुखातिब हुए... प्रोसीडिंग में मत लाइएगा इसको बड़े बाबू...।

बड़े बाबू ने शार्ट हैंड बुक को बन्द करके गोद में रख लिया।

"हुआ क्या सर... कि आपसे पिछलेवाले साहब, जो अब रिटायर हो गए, उन्होंने शर्मा जी से, जो कि रिटायर हो गए हैं, ऐसई पूछा था। शर्मा जी थे लंठ ...(क्योंकि रिटायर हो गए हैं), वे बोले कि साहब एक आदमी अपनी मेहनत से एक बच्चा नौ महीने में पैदा करता है...अगर नौ आदमी लगा दे तो क्या बच्चा एक महीने में पैदा हो जाएगा?"

उपस्थित लोगों ने बड़े साहब की ओर देखा। उनके अधरों पर मन्द मुस्कान देखते हुए, सभी लोग समवेत स्वर में ठहाका लगाकर हँसे, और मुँहलगे साहब की ओर बलिहारी हो जानेवाली दृष्टि से ताका।

लगा कि, मीटिंग का माहौल थोड़ा हल्का हुआ।

"शर्मा जी का क्या हुआ फिर?" किसी खिसनिपोर ने अवसर का लाभ लेते हुए पूछा।

"सस्पेंड हो गए थे...होना भी चाह रहे थे! पत्नी पेट से थी, और उसकी देखभाल के लिए उन्हें वैसे भी छुट्टी चाहिए थी।" मुँहलगे साहब ने गम्भीरता पूर्वक बताया।

"सर आपकी शर्ट बहुत फब रही है...कहाँ से लिए हैं?" एक दरम्याने कद के साहब ने मीटिंग की दिशा को गति देनी चाही।

"अभी जब जाऊँगा...तो उतारकर देता जाऊँगा आपको! अब कुछ विभाग की बातें कर लें?" बड़े साहब फिर से सघन समीक्षा के मूड में आ गए। उपस्थित समुदाय बेचैनी से पहलू बदलने लगा।

"कितने नोटिस भेजे आपने इस महीने... टैक्स वसूली के लिए?" वे एक चश्माधारी की ओर मुखातिब हुए।

स्टेनो ने अपनी शार्ट हैंडवाली डायरी फिर से खोल ली।

"सर नोटिस तो बने रखे हैं...डाक व्यय में बजट ही नहीं है...कइसे भेजें?"

बड़े साहब को प्रश्नों से चिढ़ है। समीक्षा हम कर रहे हैं कि तुम?

“तो अपने आदमियों को लगाइए...। घर-घर जाएं, और नोटिस प्राप्त कराएं। जो कोई न ले, उसके दरवाजे पर चस्पा करें और फोटो खींचकर लाएं...ठीक?”

“ठीक!” कहकर चश्माधारी ने छुट्टी पाई।

“सर ये शर्ट...” दरम्याने कदवाले साहब ने फिर कोशिश की।

“अभी उतार दूँ?” बड़े साहब ने शर्ट की बटन पर हाथ लगाया।

“हम यह नहीं कह रहे सर...! बता रहे थे कि, हमारे साले साहब कस्टम में हैं...यही वाला कपड़ा थान-का-थान ले आते हैं घर पर। सर आपकी अनुमति हो तो किसी दिन लेता आऊँगा आपके लिए । आप पर सफेद शर्ट खूब फबती है सर!” दरम्याने कद ने बताया।

बड़े साहब की चिड़चिड़ाहट पर विराम लगा। स्नेहपूर्ण दृष्टि से उसे घूरते हुए बोले...

“ठीक है! लेते आइएगा चार-छह शर्टों का । इकट्ठे बनवा लेंगे।

“हमारे भतीजे की टेलरिंग की दुकान है सर! बहुत बढ़िया सिल देगा...” कहीं पीछे से एक आवाज आई।

“गुड...यह तो और भी बढ़िया है!” बड़े साहब अब कूल हो गए थे।

तब तक नाश्ता आ गया।

कबाब, पकौडियाँ...और भाप उठती हुई कॉफी।

“ओ के! तो अगले महीने थोड़ी मेहनत करें...लक्ष्य पूरा करना है सबको!” बड़े साहब ने कबाब उठाते हुए कहाँ

“बिलकुल सर! जान लगा देंगे।” समवेत घोषणा हुई।

‘

बहुत सघन समीक्षा करते हैं साहब!”

बड़े साहब के जाने के बाद, छोटे साहब ने पसीना पोंछते हुए बाकी स्टाफ को बताया।

स्टाफ सचमुच डर गया था।

छोटे साहब किसी युद्ध के विजेता से...अपनी कार की ओर बढ़ गए।

खेलना शिकार का

वह एक युग था जब राजा होते थे।

वे आज के राजाओं की तुलना में काफी सुखी और आनन्द में होते थे क्योंकि तब राजा लोग जो थे, वे अपने बाप के बेटे होते थे और उससे भी ज्यादा सुखद यह था कि उन्हें किसी बैलेट बाक्स से नहीं पैदा होना होता था। टिकट, नामांकन, चुनाव प्रचार, चुनाव क्षेत्र में दारू बँटवाने, या किसी सीलन भरी झोंपड़ी में किसी मरगिल्ले से चेहरेवाले आदमी के साथ बैठकर भोजन करने, या फिर किसी नकबहने बच्चे को चूमते हुए फोटो खिंचाने का कोई झँझट नहीं था।

यानी कुल जमा यह कि राजा होने के लिए अपने बाप का बड़ा बेटा होना ही पर्याप्त था, बशर्ते कि बाप भी, अपने ही बाप का बेटा रहा हो, और वर्तमान में वह राजा हो।

यह भी कोई जरूरी नहीं था कि बाप के मरने के बाद ही कोई बेटा राजा बने। यह बेटे की जिद, और उसके बड़ा हो जाने पर निर्भर था वह कितनी जल्दी बड़ा होता है,। आजकल की यथार्थवादी कहानियों में जैसा सद्व्यहार रिटायर्ड बाप के साथ होता दिखता है, कुछ वैसा ही राजा के भी साठ साल पूरे होने पर हो सकता था अगर उसके भी पहले किसी प्राकृतिक या स्वाभाविक घटना में राजा साहब इहलोक से विदा न हो गए हों। घटना कितनी प्राकृतिक या स्वाभाविक होगी यह बेटे के सलाहकारों की बुद्धिमानी और राजवैद्य के बेटे की जिद पर निर्भर कर सकता था, जिसे राजा के बेटे के राज्यकाल में आगे चलकर राजवैद्य की कैबिनेट सम्भालनी होती।

हालाँकि ऐसा भी नहीं था कि जो अपने बाप के बेटे कतई न हों, वे राजा नहीं बन सकते थे...बल्कि वर्तमान युग की ही भाँति बन सकते थे, लेकिन ऐसे उदाहरण आज की तुलना में कम ही थे।

"...एक दिन राजा शिकार खेलने जंगल में गया...!"

हमारे बचपन में हमें लगभग हर कहानी में यह एक खबर, "एक राजा था" के तत्काल बाद ही सुनने को मिल जाती थी, जबकि अभी हम बिस्तर पर ठीक से व्यवस्थित भी न हुए होते थे और रजाई अपनी तरफ खींचने के लिए बड़े भाई से संघर्षरत होते थे। लेकिन जैसा कहानी का परिदृश्य होता, रजाई पर पहला अधिकार बड़े भाई का ही बताया जाता, जो कि माँ का फैसला होता।

और हम तत्काल उसी राजयुग के मोड में आ जाते...कहानी जो सुननी होती थी।

कभी-कभी बालमन में यह सवाल जरूर उठता कि राजा लोग शिकार पर जाते ही क्यों थे?

लेकिन यह प्रश्न पूछने पर माँ या दादी के झुँझला जाने का खतरा ज्यादा होता और कहानी स्थगित हो जाने का भी।

सो, बाद में बड़े होकर इस प्रश्न की मीमांसा करने पर ज्ञात हुआ कि, दरअसल राजाओं का दैनिक जीवन इतना सुखमय था कि वह नीरस हो उठता था। इस नीरसता को तोड़ने के लिए शिकार एक एडवेंचर था। रोज सुगन्धित गुलाबजल में स्नान, छप्पन प्रकार के भोजन और नृत्य संगीत से उकताए हुए, इस नीरस जीवन में घटनाओं के इजाफे, और उनमें विविधता लाने के लिए प्रायः हर राजा शिकार पर जरूर जाता था।

शिकार खेलना भले ही एक पिकनिक या आउटिंग टाइप की घटना रही हो, लेकिन मन्त्रीगण इसके पीछे कुछ-न-कुछ सामाजिक-सास्कृतिक निहितार्थ खोज ही लेते थे। मसलन, शिकार खेलने के बहाने राजा कम-से-कम महल से बाहर तो निकलते हैं और इसी बहाने वे अपनी दूरस्थ प्रजा की वास्तविक स्थिति देख सकते हैं और राज्य की उस दशा-विशेष का अवलोकन कर सकते हैं जो उनके आगमन पर उन्हें राज कर्मचारियों द्वारा "दिखाई" जाएगी... वगैरा वगैरा।

पर इतना तो था ही कि, राजा के बहाने, अनेक रानियों और राजमहल के अन्य राजपुरुषों के लिए यह रोजमर्रा की उबाऊ विलासिता और वैभव को, कुछ समय के लिए ही सही, जंगल के प्राकृतिक वातावरण से प्रतिस्थापित करता था।

हर बार शिकार पर निकलने, शिकार खेलने और महल में वापस लौटने के इस वक्फे में, राजा के जीवन में कोई-न-कोई नया अध्याय जरूर जुड़ जाता देखा गया है। ज्यादातर बार तो वे शिकार खेलते-खेलते जंगल में भटक जाते और सैनिक, संगी साथी जंगल में ही कहीं पीछे छूट जाते। भटकते हुए राजा को किसी नदी, तालाब या झरने के किनारे एक बेहद सुन्दर नवयौवना झीनी साड़ी में नहाती हुई दिख जाती और राजा अपनी मूल प्रवृत्ति के वशीभूत उस नवयौवना पर मोहित होकर मूर्च्छित हो जाता। आखिरकार शरीर और चरित्र दोनों से कमजोर इस राजा के मुँह पर पानी के छींटे, वह नवयौवना ही मारती... और इस प्रकार, इस बार के शिकार का उपसंहार होता।

लौटते हुए, घोड़े पर दो सवारियाँ होतीं। राजा प्रसन्न बदन अपने घोड़े की दुलकी चाल का मजा ले रहा होता और घोड़ा इस डबल सवारी से भुनभुनाते हुए हिनहिनाता हुआ खरामा खरामा लौटता।

लेकिन इस शिकार का पटाक्षेप हमेशा सौन्दर्य और संयोग रस पर ही नहीं होता था। कभी-कभी राजा जंगल में प्यास से व्याकुल होते हुए किसी अत्यन्त पुराने और सिद्ध सन्त की कोई कुटिया ढूँढ़ निकालता और ऐन उसी कुटिया के द्वार पर जा गिरता। सन्त उसे पानी पिलाते और पानी पीने के बाद राजा को ध्यान आता कि उसके कोई सन्तान ही नहीं है। वह शिकार का विचार छोड़कर दुखी हो उठता। तब सिद्ध सन्त उसके समक्ष, शेरनी का दूध, चील के दाँत, या बड़े पहाड़ के उस पार से कोई अनदेखा या अनसुना-सा कोई पुष्प लाने की शर्त रखते जिनके संयोग और सहयोग से किसी अवैज्ञानिक तरीके से पुत्ररत्न की प्राप्ति सम्भव होती।

तो जैसा कि ध्वनित है, राजा बेहद भोला किन्तु बहादुर होता और महल में स्थापित अनेकों रानियाँ , राजा से भी ज्यादा भोली होतीं। वे सब मिलकर पूरे समय पुत्ररत्न प्राप्ति के ऐसे-ऐसे तरीके खोजते, जो पुत्र प्राप्ति के वास्तविक तरीकों से भिन्न और इतर होते।

यह तो रही किस्सों-कहानियों की बातें। लेकिन शिकार खेलने के लिए राजा का, प्रजा के बीच निकलना हर युग में राजपुरुषों का धर्म रहा है। पहले यह अभियान शौकिया होता था, अब मजबूरी है। पहले जब भी राजा

का मन हुआ, मुँह उठाकर चल देता था शिकार पर। लेकिन अब न्यूनतम हर पाँच साल में यह काम कम्पल्सरी हो गया है। अब तो वक्त जरूरत ऐसी प्रजा वत्सलता जागती है कि क्या बताएं। खुद प्रजा भी अकबका जाती है कि, आखिर हुआ क्या? अभी तो चार-साढ़े चार बरस पहले ही तो आए थे...इत्ता जल्दी दुबारा?

बहरहाल! अब जिस दिन राजा को शिकार खेलने, प्रजा के बीच निकलना होता है, उसके हफ्ते-दस दिन पहले से ही बड़े-बड़े लाउडस्पीकर लगाकर हाँका लगाने का काम शुरू हो जाता है। एक बड़े मैदान मे, जहाँ शिकार खेलने का कार्यक्रम नियत होता है, वहाँ एक बड़ी भारी संख्या को पशुवत इकट्ठा किया जाता है और चारे के तौर पूड़ी-सब्जी के पैकेट तथा एक विशिष्ट प्रकार का बदबूदार, ज्वलनशीन पेयद्रव वितरित किए जाने की परम्परा है।

तत्पश्चात, शिकार खेलनेवाला, उनके विधिवत् सामूहिक शिकार के लिए उद्यत होता है और विशेष रूप से उनके मस्तिष्कों पर प्रहार करता है। इस विशिष्ट प्रकार के शिकार की सबसे रोचक बात यह है कि, इसमें शिकारणीय जन्तु जो हैं, वे मृत्यु को प्राप्त नहीं होते, बल्कि दूसरे अन्य प्रकार के जन्तुओं के मस्तिष्कों का भी शिकार करने के लिए सक्षम और आतुर हो जाते हैं।

इस प्रकार इस आखेट का स्वरूप व्यापक होता जाता है और यह सम्पूर्ण प्रक्रिया, मूल आखेटक को परम सुख प्रदान करती है।

यहाँ इस शिकारगाथा के सन्दर्भ में, एक औपदेशिक कथा याद आती है जिसे प्रस्तुत करना समीचीन प्रतीत होता है। अत: पाठकगण अनिच्छापूर्वक ग्रहण करना चाहें।

तो हुआ यह कि...

एक बार एक राजा शिकार खेलने गया। प्रोटोकाल की माँग पर, साथ में उसका मन्त्री भी था।

शिकार खेलते वक्त, राजा की उँगली में तलवार की चोट लग जाने से उँगली घायल हो गई। मन्त्री ने तत्क्षण ही सान्त्वनापूर्ण स्वर में कहा कि..."कोई बात नहीं राजन्! जो हुआ अच्छा ही हुआ। क्योंकि ईश्वर जो करता है अच्छा ही करता है।"

राजा उँगली के दर्द से व्याकुल था, सो इस मौके पर मन्त्री का यह

हितोपदेश उसे बेहद नागवार गुजरा। उसने मन्त्री को उसी समय तत्काल प्रभाव से निलम्बित करते हुए, वहीं उसी स्थान से उसे डिसमिस कर दिया।

मन्त्री मुँह लटकाए हुए घर वापस लौटा और "ईश्वर पर भरोसा करें" नामक किताब उठाकर अपनी दुछत्ती पर फेंक दी और "बॉस को कैसे प्रसन्न रखें" नामक गाइड निकालकर, अपने लॉन में धूप सेवन करते हुए अध्ययनरत हो गया।

उधर राजा अपनी अधकटी उँगली लेकर जंगल में आगे बढ़ गया।

बीच जंगल में अचानक कुछ आदमखोर आदिवासियों ने राजा को उसके घोड़े सहित घेर लिया और पकड़कर बाँध दिया। उनका उद्देश्य यह था कि पहले वे अपनी देवी की मूर्ति के सामने राजा की बलि देंगे तत्पश्चात् उसका माँस भक्षण करेंगे।

राजा को नहलाया-धुलाया गया, माथे पर चन्दन का टीका लगाया गया और गले में फूलों की माला पहना दी गई।

किन्तु यह क्या...?

आदिवासियों के पुजारी की नजर, राजा की कटी हुई उँगली पर पड़ी और वह बेतरह चिल्लाने लगा।

पुजारी के इस हम्बा-हुम्बा का लब्बो लुआब यह निकला कि चूँकि अंगभंग हुए शरीर की बलि, देवी माता स्वीकार नहीं करेंगी, अत: राजा की बलि नहीं दी जा सकती।

आखिरकार, आदिवासियों ने राजा को छोड़ दिया, और घोड़े को मारकर खा गए।

गिरता पड़ता हुआ राजा, वापस राजमहल लौटा और लौटते ही सर्वप्रथम मन्त्री को तलब किया।

मन्त्री के उपस्थित होते ही, राजा ने उससे अपने बुरे व्यवहार की क्षमा माँगी, और अपने साथ घटी पूरी घटना बताई। अन्त में राजा ने पूछा कि, हे मंत्रिवर! अगर ईश्वर सब कुछ अच्छा ही करता है, तो मेरी कटी हुई उँगली के कारण ही मेरी प्राणरक्षा हुई... यह बात तो समझ में आती है किन्तु आपके पिछवाड़े पर पद प्रहार कर, जो मैंने आपको निलम्बित किया, वह आपके लिए किस प्रकार अच्छा हुआ? और यह भी कि, मेरा घोड़ा जिस दशा को प्राप्त हुआ वह कैसे अच्छा हुआ?

मन्त्री ने स्वभाववश ही "सत्यवादी बनें" नामक किताब के ग्यारहवें पेज के वशीभूत होकर यों कहा...

"... हे राजन्! आपकी उँगली कटी यह अच्छा हुआ और यह आप भी स्वीकार कर रहे हैं। परन्तु यदि मुझे आप निलम्बित न करते तो इस घटना के समय मैं भी आपके साथ होता और आदिवासियों ने मुझे तो कतर ही दिया होता। अतः इस दृष्टि से मेरा निलम्बन भी ईश्वर की ही इच्छा थी।"

"और घोड़ा? उसका क्या...?"

मन्त्री ने थोड़ा सँभलते हुए अपनी हालिया पढ़ी हुई पुस्तक "बॉस को कैसे प्रसन्न रखें" के पहले पेज का ध्यान किया और आवश्यक तथा आनुपातिक चाटुकारिता की खुराक के साथ बोला...

"राजन्! स्वामिभक्ति जो है वह घोड़े और कुत्ते का वास्तविक गुण है, और आदमी का आभासी गुण। घोड़ा आपका दिया चारा खाता है, आपके अस्तबल में ऐश करता है और उसके हिनहिनाने पर भी कोई पाबन्दी नहीं है। ऐसे में यदि वह आपके लिए अपने प्राणों का उत्सर्ग करता है तो यह धर्म है। सहूलियत यह भी है कि आपको घोड़े से प्राणोत्सर्ग के लिए पूछना भी नहीं है, और पूछेंगे भी, तो वह सिर्फ हिनहिनाएगा ही, जिसका तात्पर्य आप स्वयं निकालेंगे कि वह बड़ी प्रसन्न्तापूर्वक अपनी सहमति दे रहा है। आदमी से पूछने पर वह मना भी कर सकता है या फिर आपके ही प्राणोत्सर्ग का इन्तजाम कर सकता है। अतः यहाँ घोड़े ने जो किया वह उसका स्वभाव है, और यही ईश्वर की इच्छा भी। यह इसलिए भी ठीक था कि, भले ही वे आदिवासी आपकी बलि नहीं दे सकते थे, लेकिन भूखे आदिवासी बिना बलि दिए ही आपका भक्षण कर सकते थे। इस मौके पर घोड़े का वहाँ होना अच्छा ही था। घोड़े की बलिष्ठ कद काठी तथा उसके शरीर में माँस की प्रचुरता के आगे ही, किसी का ध्यान आपकी तरफ नहीं गया..!"

राजा, मन्त्री के इस उत्तर से महाप्रसन्न हुआ और उसने तत्काल उसे मन्त्री पद से हटाकर, राज्य के उस "दिग्दर्शक मंडल" में शामिल किया, जहाँ केवल अति बौद्धिक, दूरदर्शी तथा किताब पढ़नेवालों को ही स्थान मिलता था, और विशिष्ट अवसरों पर उन्हें ससम्मान राजदरबार में माला पहनाकर बैठाया जाता था।

कथा समाप्त हुई।

किन्तु, इससे क्या शिक्षा मिलती है यह न पूछना...कथाधर्मिता की मानहानि होगी।

तो, मोरल ऑफ द स्टोरी यह रही कि, शिकार खेलते वक्त यदि राजा की उँगली कट जाए, तो तत्काल निलम्बन से बचने का तरीका यही है कि मन्त्री भी अपनी उँगली काट ले।

दूसरा यह कि, जहाँ राजा के कटने की उम्मीद होगी, वहाँ विकल्प के तौर पर सदैव एक घोड़ा भी कटने के लिए उपस्थित होगा। राजा अमूमन इतना भी गधा नहीं होता कि वह राजा और घोड़े का फर्क न पहचानता हो और न ही उसमें इतनी भावुकता होती है कि वह अपनी जगह पर घोड़े का कटना अफोर्ड न कर सके।

और अन्ततः यह कि, मन्त्री अगर ज्यादा बुद्धिमान्, दूरदर्शी और टिपिर-टिपिर करने वाला हो तो देर-सवेर उसका दिग्दर्शक मंडल में जाना तय है...।

नोट : *मोरल ऑफ द स्टोरी निगोशिएबल है। पाठकगण स्वयं भी अपनी-अपनी कुत्सित भावनाओं के दृष्टिगत, इसका अर्थान्वयन अपने-अपने हिसाब से करने के लिए स्वतन्त्र हैं।*

प्रेम के दो युगल चित्र : एक नाट्य मीमांसा

प्रेम : एक

मंच पर सधा हुआ गुलाबी प्रकाश अवतरित होता है। नायिका पालथी मारकर बैठी है और नायक लगभग पूरी पालथी पर कब्जा करता हुआ अपना सर नायिका की गोद में रखे हुए है।

"...मैं तुम्हें बहुत प्यार करता हूँ!" **(हलो हलो...टेस्टिंग...हलो हलो!)**

"..."

"जान से भी ज्यादा!"

"..."

"तुम भी तो बोलो कुछ?" **(एक संयमित झुँझलाहट...जो स्क्रिप्ट में नहीं है)**।

"मैं अभिभूत हूँ। जीवन में अभी तक मुझे किसी ने प्रेम नहीं किया। हालाँकि मेरे पिता मेरी हर इच्छा का सम्मान करते हैं... मेरा भाई भी मेरा बहुत खयाल रखता है। माँ भी मुझे बहुत मानती हैं... लेकिन"

(नायिका का सधा हुआ साहित्यिक संवाद, जिस पर तालियाँ बजाएी जा सकती हैं)

"लेकिन क्या?"

"मुझे आज तक किसी ने प्रेम नहीं किया...प्रेम तत्त्व की रिक्तता है मेरे जीवन में! **(सुबक...सुबक)**"

"तुम फिक्र मत करो! मैं तुम्हें बहुत प्रेम करता हूँ। मेरे पास पर्याप्त प्रेम है...इतना कि मैं उसे मुहल्ले की हर लड़की में बाँट सकता हूँ। पर मैं ऐसा नहीं करता...क्योंकि वह सब तुम्हारे लिए सुरक्षित है!"

(धीरोदात्त नायक...पुरुषत्व से लबरेज किन्तु तात्कालिक मर्यादा से बन्धा हुआ...)

"अगर ऐसा है तो तुम्हें मेरे पिता से बात करनी चाहिए...क्या तुम्हारे घर वाले हमारी शादी को राजी होंगे?"

"शादी? अरे नहीं...! शादी तो प्रेम का अन्त है प्रिये। शादी के बारे में तो सोचना भी मत, अन्यथा प्रेम मर जाएगा...।" **(प्रेम और दर्शन का बौद्धिक मिक्सचर...नायक को दोनों आते हैं)**

"तो क्या तुम शादी नहीं करोगे कभी?"

"करूँगा क्यों नहीं ... लेकिन तुमसे नहीं। तुमसे तो मैं प्रेम करता हूँ न! और मैं अपने प्रेम को मरने नहीं दे सकता। मैं शादी उससे करूँगा जिससे प्रेम न करना हो!"

(बेहद क्लियर कट स्टैंड! नायक की लाइन लेन्थ दोनों पुख्ता और अन्दाज बेहद सधा हुआ। कुछेक तालियाँ बनती हैं पार्श्व से)

"और अगर मेरी शादी कहीं और हो गई तो?"

"... तो क्या! हमारा प्रेम तो अमर है, और अमर रहेगा। हमारे प्रेम की प्यास कभी नहीं बुझेगी...मैं आता-जाता रहूँगा तुम्हारे पास।" **(चित भी मेरी, पट्ट भी मेरी, अंटा मेरे बाप का...नायक का बिन्दासपन)**

"और वह कुछ कहेंगे नहीं?"...**(मंच पर संशय तत्त्व का प्रवेश)**

"अरे बता देना यार... कि कजिन है मेरा। वैसे भी प्रेम के रिश्ते का कोई नाम नहीं होता। जंग और मुहब्बत में सब जाएज है...बस हमारी मुहब्बत में जंग नहीं लगनी चाहिए।"

इस हितोपदेश के बाद, प्रेमी, प्रेमिका के वक्षस्थल में घुसते हुए प्रेम का बचा-खुचा टुकड़ा तलाशता है।

प्रेमिका उच्छवास भरते हुए अपने भावी कजिन को आतुरता पूर्वक आलिंगनबद्ध करती है।

गुलाबी रोशनी को नीली में तब्दील करने की कोशिश...प्रकाश व्यवस्था में कुछ बाधा प्रतीत होती है। ...नीलावाला बल्ब फ्यूज हो गया है बे...! पाशर्‌्व से एक कर्कश आवाज।

... यवनिका पतन ।

प्रेम : दो (आउटडोर दृश्य)

प्रेम न बारी ऊपजै

प्रेम न हाट बिकाय...!

इसलिए शाम के धुँधलके में एक जोड़ा, बारी और हाट दोनों से दूर एक निर्जन पुलिया के नीचे स्थापित हैं। नायिका घर-गृहस्थी के काम में सुघड़ प्रतीत होती है क्योंकि उसने धरातल की कठोरता को न्यून करने के उद्देश्य अपना दुपट्टा खुरदरी जमीन पर बिछा रखा है, जिस पर नायक और नायिका दोनों विराजमान हैं।

वहीं कहीं पास में एक देसी मेंढ़क भी शायद अपनी मेंढकी के इन्तजार में बोर होता हुआ सर झुकाए बैठा है।

दृश्य नायिका के मुखमंडल पर स्थिर होता है।

"कल लड़केवाले आए थे...हमें देखने!"

(नायिका की इठलाहट, धुँधलके में स्पष्ट नहीं है लेकिन स्वर का आरोह अवरोह स्पष्ट करता है कि नायिका इठला रही है)

"...हूँ ऽऽ"

"देखके गए हैं!"

"हूँ ऽऽ"

"बोले हैं कि कल बताऐंगे...!"

"अच्छा!"

"क्या अच्छा? बस तुम यूँ ही हाथ पर हाथ धरे बैठे रहो। अगर उन्होंने हाँ कर दी तो?"

(सौन्दर्य और आक्रोश मिलकर ललछौंहा टाइप का प्रकाश सृजित करने की कोशिश में... लेकिन वही संसाधनों का अभाव। ललछौंहा कलर की व्यवस्था नहीं है। प्रकाश व्यवस्था को दर्शकों की कल्पना शक्ति पर छोड़ा जाता है।)

नायक अपना हाथ अपने ही हाथ से हटाकर नायिका के हाथ पर रख देता है। यह सम्भवत: "हाथ पर हाथ धरे बैठे रहो" वाले नायिका के उलाहने की प्रतिक्रिया है।

"खून हो जाएगा...कतल कर दूँगा... आग लगा दूँगा!" नायक

निर्विकार भाव से चिल्लाता है। पास बैठा मेंढक कूदकर दूर जा बैठा है, और शंका की दृष्टि से नायक को देखता है।

नायक और नायिका की एक-एक हाथ की दसों उँगलियाँ आपस में उलझई हुई हैं। नायक ने चिल्लाने के बाद मुँह का स्वाद बदलने के लिए चिप्स का टुकड़ा मुँह में डाल लिया है। फिलहाल उसके हाथ, नायिका के हाथ के उद्‌भव स्थल की ओर बढ़ने को आकुल हैं।

(इस दृश्य को दिखाया नहीं जा रहा है, कल्पना शक्ति का यहाँ तगड़ा रोल है)

"क्या कर रहे हो? **(नायिका को यहाँ बेमन से ही सही...लेकिन चिहुँकना चाहिए था)**...माचिस ढूँढ़ रहे हो? दुनिया को आग लगाने के लिए?"

(नायिका मजे की बेशर्म है। यह हम तभी जान गए थे जब वह शाम के धुँधलके में इस निर्जन पुलिया के नीचे आई थी। हुँह...!)

"मजाक मत करो! आज सुबह मेरी सिगरेट की डिब्बी भी पापा ने बरामद कर ली। मैं सच कहता हूँ कि अगर तुम किसी और की हुई तो तुम्हारे चेहरे पर तेजाब डाल दूँगा...बिद्याकसम!"

"हौ...हौ जाने हो मेरे बाड़ासुर! पहले मेरे पापा से तो बात करो। कोई अच्छी सी नौकरी ढूँढ़ो!"

(नायिका निश्चिन्त ही नहीं...उच्छृंखल भी प्रतीत होती है)

"...क्यों? अच्छा खासा बिजनेस है मेरा। कल्लू डीजे एंड साउंड सर्विस को कौन नहीं जानता शहर में? मेरे डीजे पर ही नाचते हुए देखा था मैंने तुम्हें पहली बार! तभी मैंने तय कर लिया था कि तुम सिर्फ मेरी हो। और अगर किसी और की होने की बात भी की तुमने, तो मैं मार डालूँगा... खून कर दूँगा...आग लगा दूँगा। कल्लू डीजे को जानती नहीं तुम अभी।"

(पुरुष, जैसा कि दर्शकों को पता चल ही गया है कि वह कल्लू डीजे वाला है)

कल्लू इस आक्रोश प्रदर्शन के बाद, चिप्स के पैकेट को खँगालते हुए आखिरी चिप्स का टुकड़ा ढूँढ़ने में मुब्तला है।

दृश्य परिवर्तन...**(बस केवल एक हलके पॉज के लिए)**

क्योंकि दृश्य वही है। कल्लू डीजे और उसकी प्रेमिका भी वही है। पुलिया जरूर कल की तुलना में थोड़ी पुरानी है और उसकी दो-चार ईंटें टूट चुकी हैं।

"... कल्लू!"

"हूँऽऽ!"

"मेरे कल्लू!"

"हूँ...!"

"उन लोगों ने हाँ कर दी है। परसों इंगेजमेंट है मेरी!"

"हूँ!"

"कुछ तो बोलो कल्लू..." **(नायिका कुछ फाइनल जैसा सुनने को आतुर है)**

"क्या बोलूँ मैं? क्या बोलने को रह गया है? इस जालिम जमाने ने हमें इस पुलिया के अलावा कहीं और मिलने नहीं दिया। पर कोई बात नहीं... एक दिन मैं और बड़ा आदमी बनूँगा... तब मिलूँगा तुम्हारे बाप से। बताउँगा उसे, कि कल्लू क्या चीज था... मने है...!"

"कल्लू... मन में मत रखना कुछ...। भगवान् की यही मर्जी थी। खाना ठीक से खाना और डीजे बन्द मत करना..."

"ठीक है... लेकिन एक बात जरूर कहना अपने पापा से...।"

"क्या?"

(पार्श्व में भीष्म प्रतिज्ञा के पूर्व का संगीत गर्जन। नायिका की छाती उठती और गिरती है, जिसे सम्भालने के लिए उसने अपना हाथ वहाँ रख लिया है। हालाँकि यह काम नायक करना चाहता था लेकिन निर्देशक ने मना कर दिया है। यह इमोशनल सीन है बे! जब देखो तब)

"यही कि... मुहल्लेदारी में गिले-शिकवे चलते रहते हैं। वे भी कुछ मन में न रखें और...शादी में हमारा वाला डीजे ही बुक करें। तुम तो जानती ही हो कि, कल्लू डीजे अपने मुहल्ले का वर्ड फेमस डीजे है...।"

(स्त्री पात्र भावुक होती है... जिसका रिफ्लेक्शन कमजोर प्रकाश व्यवस्था के कारण स्पष्ट नहीं है)

"डीजे तो तुम्हारा ही लगेगा कल्लू! तुम शाम को आकर पापा से बात कर लेना। लेकिन डिस्काउंट तो रहेगा न?"

"कैसी बात करती हो पगली...घर की बात है। दस परसेंट का तो डिस्काउंट बनता ही है तुम्हारे लिए"

दोनों पात्र खुशी-खुशी विदा होते हैं।

पार्श्व में मृदंग की आवाज...और शहनाई के सुर एक साथ बजते हैं।

(शहनाई की जगह यह पिपिहरी कौन ले आया है बे? ...डायरेक्टर की आवाज)

यवनिका पतन...।

मुर्ग वृत्तान्त

इसी मुहल्ले की किसी गली में रहते हैं वे।

वे जीवन में कभी राजनीति में नहीं रहे, लेकिन जितनी वे जानते हैं, उतनी शायद ही कोई जानता हो।

और... राजनीति ही क्यों, साम, दाम, दण्ड, भेद, हर तरह की नीतियों के विशेषज्ञ हैं वे। किसी भी तथ्य का, कला का, हुनर का, जो भी बेस्ट हो सकता है , या तो वह उनकी जानकारी में होगा, या फिर वह शक्ति स्वयं उनके हाथों में निहित होगी। विश्व में ऐसा कोई ज्ञान नहीं, जो उन्हें नमस्कार करके न गुजरा हो।

उन्हें लोग विधायक जी कहते हैं, और वे सुनते भी हैं। जब कहनेवालों को ऐतराज नहीं, तो उन्हें क्यों हो?

... सो नहीं है।

विधायक जी पूरी निस्पृहता और तन्मयता के साथ ज्ञान बाँटते हैं। आपका लेना हो तो लें, न लेना हो तो थोड़ा आगे जाकर "अड़का" दें।

बानगी के तौर पर कल ही की बात लें। शाम को पांडे जी सड़क पर स्थित पान की एक दुकान से गुटके का पाउच खरीदकर, उसकी सील तोड़ते हुए, सम्भावित स्वाद के आनन्द की कल्पना में डूबे, उनकी चौपाल के सामने से गुजर रहे थे कि विधायक जी ने उन्हें धर लिया।

"... कहाँ गायब रहते हैं महराज? आजकल तो दर्शन ही नहीं हो रहे?" विधायक जी ने किसी दर्शन लोलुप भक्त की भाँति व्यग्र होकर पूछा।

"अरे हाँ विधायक जी! एक मित्र के पास गए थे उसके गाँव। आज ही लौटे थोड़ी देर पहले।" पांडे जी ने जानकारी दी।

"कोई शादी-बरात थी क्या?" विधायक जी ने बस ऐसई पूछा।

"अरे नहीं... बस कुछ यार-दोस्तों का जमावड़ा था। वही मुर्गा-सुर्गा ...और क्या!" पांडे जी खिसियानी हँसी हँसे।

दरअसल क्या है कि बुन्देलखंड में ब्राह्मणों का मुर्गा-मीट सेवन थोड़ी हेय दृष्टि से देखने की परम्परा है। पांडे जी को हालाँकि इस परम्परा से कोई खास सरोकार नहीं है और न ही इसमें निहित "हेयता" से। फिर भी पुराने संस्कार...ऐसी चर्चा में नजर नीची कर ही देते हैं थोड़ी-बहुत।

"... मुरगा?" विधायक जी की आँखें चमक गईं।

"कैसा बना था? बनाया कौन था... कौन सा मुर्गा था? देसी कि फारम का?" विधायक जी ने प्रश्नों की झड़ी लगा दी।

... पांडे जी अचकचा गए।

"ठीके था! हम तो ज्यादा खाते नहीं। बस वही तरी-तरी। और बहुत हुआ तो एक ठो टाँग।" पांडे जी ने संकोचपूर्वक बताया।

"मुरगा बनाना सबके बस की बात नहीं है पांडे जी! कलेजा चाहिए कलेजा।" विधायक जी ने दाँत पीसते हुए कहा, और पांडे जी का हाथ पकड़कर, पास में पड़ी हुई चारपाई पर जबरन बैठाते हुए बोले...

"आइए बैठिए। असली मुरगा बनता कैसे है... मैं बताता हूँ आपको!"

पांडे जी किसी मुरगे की ही तरह दुबककर चारपाई के एक कोने में स्थापित हो गए।

"देखिए पांडे जी... कायदे का मुरगा तो दो ही लोग बनाते हैं। एक तो मंगल सिंह...और ..."

एक नाटकीय पॉज लेकर उन्होंने अपनी बात पूरी की...

"दूसरा मैं...!!"

"अच्छा!?" पांडे जी ने अपने उच्चारण में विस्मयबोधक और प्रश्नवाचक, दोनों का प्रयोग एक साथ करते हुए, अपने स्वर को अन्ततः भरसक प्रशंसात्मक हो जाने दिया।

"और नहीं तो क्या?" विधायक जी उनकी इस अदा से उत्साहित होते हुए बोले...

"मुरगा जो है, वह बनानेवाले के हाथ से नहीं, दिल से बनता है दिल से...!"

मुर्ग निर्माण की इस प्रक्रिया के उल्लेख में अब तक दिल और कलेजा, दोनों का जिक्र आ जाने पर ही पांडे जी समझ गए कि,

विधायक जी ने मुर्गे को दिल पर ले लिया है। अब आज या तो विधायक जी खुद घर पर मुरगा बनाएंगे, या फिर आज पांडे जी को ही मुरगा बनाकर भेजेंगे।

"एक बार की बात बताऊँ आपको!"

विधायक जी ने बिना किसी पूर्व सूचना के शुरू किया, तो पांडे जी ने चारपाई का थोड़ा और हिस्सा, अपने पिछले हिस्से के कब्जे में लिया और बाकायदा पैर ऊपर उठाकर ठीक से स्थापित हो गए।

"हुआ यूँ कि, लड़ाका पुरवा के कुँवर साहब ने एक बार मुरगे की दावत दी। एक-से-एक खवइया पहुँचे थे...बलकिन हम भी वहीं थे। अब आप तो जानते ही हैं कि, हम वहाँ हों...और मुरगा कोई और बनाए? सवालै पैदा नहीं होता। तो साहब...सबने हाथ-पाँव जोड़ के चिरौरी की। कुँवर साहब ने तो अपनी पगड़ी उतारकर ही रख दी हमारे सामने...बोले कि ठाकुर साब! मुरगा बनेगा तो आप ही के हाथ से, वरना दाल-रोटी खा लेंगे।"

"बाह...!"

पांडे जी ने इस मुर्ग कथा में जबरन रुचि लेने का सफल प्रयास किया।

"... तो फिर पांडे जी! मुरगा लाया गया। ओफ्फोह...क्या बाँका मुरगा था! गर्दन उठाकर जब तिरछी निगाह से देखता था तो पूरे मुहल्ले की मुर्गियाँ शरमा जाएं, ऐसी चितवन...। तीन किलो से कम का वजन न रहा होगा...और पेडुरी देखते आप उसकी... ये मोटी-मोटी..." विधायक जी ने अपनी दोनों हथेलियों से नापने का उपक्रम दर्शाया।

"एकदम जबर...! देसी मुरगा। जब गरदन काटी गई तो मुरगा जो है, वह उड़कर तीन-चार सौ कदम तक गया। दो जवान पीछे-पीछे भागे हैं, तब जाके काबू में आया...ऐसा चरबाँक मुरगा!"

"गरदन कटने के बाद भी?" पांडे जी ने आँखें फाड़ दीं।

"और क्या ...! फिर जो मसाला तैयार किया है मैंने...। एक ढाई सौ ग्राम हल्दी, दो सौ ग्राम धनिया, डेढ़ सौ ग्राम जीरा, दो पसर लाल मिर्च, काली मिर्च, डोंड़ा, बड़ी इलायची, छोटी इलायची, जाएफल, दालचीनी, तेजपत्ता, छरीला, सब पउवा पउवा। आप समझिए कि सब मसाला ही मिला के मुरगे के वजन से ज्यादा था। पूरा खलिहान गमगमा उठा...।"

"इत्ता मसाला?" पांडे जी ने चकित होने का प्रयास किया।

"अउर का? मुरगा-मीट तो मसाला माँगता ही है। ऐसई थोड़ो बन जाता है...! फिर वही समझ लीजिए कि दो सेर देसी घी में घंटे भर भुना है मुरगा। जब सारा घी, मुरगे की नस-नस में समा गया, तब जा के मसाला भुना, और ढाई-तीन किलो प्याज को भूनते-भूनते मार के हलुआ कर दिया।"

बताते बताते, अपने मुँह में आ गए पानी को सिप करते हुए विधायक जी ने इस मुर्ग वृत्तान्त को आगे बढ़ाया...

"फिर जो मुरगा बना है पांडे जी...! कि कुछ कहते नहीं बनता। बस इतना जान लीजिए कि, मुरगा भी सोच रहा होगा कि हमको बनाया है किसी ने...! कुँवर साहब तो उँगलिया चाटते रह गए। कहने लगे कि, मान गए ठाकुर साहब! आज तक बहुत मुर्गे खाए लेकिन जो बात आपके हाथ में है, वह कहीं नहीं मिली। हमने भी कह दिया... कि कुँवर साहब! मुरगा तो छोड़ दीजिए, हम आदमी काट के बना दें...हरामी-से-हरामी आदमी भी इस मसाले में भुनके वह स्वाद देगा कि आप मुरगा खाना भूल जाएंगे। दरअसल क्या है कि... मुरगा हाथों से नहीं..."

"... दिल से बनता है!" पांडे जी ने उनकी बात पूरी की।

"हाँ...!!" विधायक जी ने उन्हें बलिहारी चले जानेवाली मुद्रा में देखा।

"मुरगे का तो...ये है महराज कि, बस दो ही लोग बना पाते हैं कायदे का... एक तो मंगल सिंह, और दूसरा मैं!...एक बार तो क्या हुआ कि..."

और इससे पहले कि फिर से किसी बाँके मुरगे, या उसके किसी बन्धु-बाँधव की चर्चा शुरू होती, तिवारी जी को एक बेहद जरूरी काम याद आ गया।

और फिर...

बिना अनुमति के ही, पांडे जी जो वहाँ से फड़फड़ा के उड़े हैं तो फिर सीधे घर जाकर ही गिरे।

ज्ञान पिपासा

बुद्ध ने ज्ञान प्राप्त होते ही, आनन-फानन में जो सबसे पहला काम किया वह यह कि, पत्नी को छोड़ भागे।

यह वस्तुतः लौकिक ज्ञान की प्राप्ति है।

जो उन्हें पहले मिला था, वह पारलौकिक ज्ञान था। वह सब के बूते का नहीं है। जो ज्ञान प्राप्ति के तुरन्त पश्चात, आधी रात में बुद्ध ने किया, वह अनुकरणीय है और सभी यह ज्ञान प्राप्त कर सकते हैं। लेकिन हमारी दिक्कत यही है कि हम अगड़म-बगड़म भागते हैं, असली माल की ओर रुख नहीं करते।

यहाँ बात, सिर्फ ज्ञान की नहीं, हिम्मत की भी थी। इसी साहस के चलते कईयक तो आगे बढ़कर देश भी सम्भाल लिए।

यहाँ डिस्क्लेमर यह है कि इस प्रकार के प्रयोग अपने बूते और अपनी बुद्धिमत्ता के भरोसे ही करें। अधिक ज्ञान पिपासा ठीक नहीं है, और लेखक के भरोसे तो एक्को न रहें।

कहा भी गया है कि, आपन तेज सम्भारौ आपै!

ज्यादा ज्ञान पागल कर देता है, ज्यादा तेज भी झुलसा देता है।

किसी ने अपना व्यक्तिगत अनुभव लिखा है कि, स्त्री का जीवन विवाह के बाद स्थिर हो जाता है। लेकिन पुरुष का वास्तविक जीवन विवाह के बाद ही प्रारम्भ होता है। मार्केट में आटे और दाल के भाव, इस नियत तिथि के पश्चात् ही संज्ञान में आते हैं। इस लिहाज से, विवाह के बाद आदमी अर्थशास्त्री तो हो जाता है, लेकिन उसकी आध्यात्मिकता छटपटाती रहती है।

और मोक्ष तो, वैसे भी बन्धन मुक्त होने का ही नाम है। है कि नहीं?

भाषा की यही कमी है और लेखक की भी, कि जब बातें किसी लिपि या शब्द समूह में व्यक्त न की जा सकें तो संकेतों की बारी आती है।

और समझदार को तो इशारा काफी होता है...बशर्ते आप समझदार हों।

अब आप स्वयं ही देखें...

वाल्मीकि पत्नी को त्यागकर ही रामायण लिख पाए। तुलसी को पत्नी के कटु वचनों के बाद ही संसार से मोहभंग हुआ और निकल पड़े सत्य की खोज में... लिख डाली रामचरितमानस।

कोलम्बस, क्या पत्नी को लेकर भारत की खोज में निकले थे?

और वैसे देखा जाए तो खोज भी कहाँ पाए? निकले थे भारत खोजने और खोज लिया अमेरिका!

और इस पर पत्नी का बयान तो बाद में आया...

कि यही तो है इनका! कोई एक काम भी ढंग से नहीं कर सकते। घर से निकलेंगे किसी और काम के लिए, करके कुछ और आ जाएंगे।

कहते हैं कि, बीच यात्रा में नाविकों ने विद्रोह कर दिया, कि वापस चलो, अब आगे नहीं जाएंगे हम। भारत तो मिलने से रहा, अपना खुद का घर अलग भूल जाएंगे हम।

फिर क्या था! घर की चर्चा आते ही कोलम्बस चैतन्य हो गया। और जोर से चिल्लाया...घर नहीं जाऊँगा मैं...!!

एक बार टमाटर लेने भेजा था पत्नी ने। रास्ते में भूल गया कोलम्बस। एकबारगी सोचा उसने, कि चलो बैंगन ही ले चलूँ। लेकिन फिर डरा कि, पता नहीं क्या मँगाया था, और क्या ले जाऊँ मैं?

सो खाली हाथ लौट आया।

और उस दिन जो फजीहत हुई...कि हे यीशु!

लेकिन एक बात याद रह गई उसे।

पत्नी ने फटकारते हुए कहा कि, अगर टमाटर भूल गए थे, तो आलू ही ले आते, बैंगन ले आते, धनिया, तरोई, पालक, शिमला मिर्च कुछ भी ले आते? आखिर खाली हाथ क्यों लौटे?

फलस्वरूप, कोलम्बस ने अमेरिका खोज निकाला। भारत न सही, अमेरिका ही सही...टमाटर न सही, बैंगन ही सही।

ज्ञान वर्षा का कोई तयशुदा समय नहीं होता। वह कभी भी फट पड़ती है। हमारे संस्कृत के पडिज्जी ने बताया था कि

वृक्ष कबहुँ नहिं फल भखैं

नदी न संचै नीर
परमारथ के कार ने
साधुन धरा शरीर

अर्थात्, फल कभी वृक्ष को नहीं खाते। नीर कभी नदी का संचय नहीं करता। परमार्थ आश्रम और कार की अभिलाषा ने ही साधुओं का शरीर धरा है, अर्थात् धरने हेतु बाध्य किया है।

हम लोग ऐसी व्याख्याएँ सुनकर अतिशय सुख पाते थे। संस्कृत की इस आधारभूत मजबूती की वजह से ही, हम लोगों ने बमुश्किल कक्षा आठ तक राम, पुस्तक, और नदी के रूप रटते-रटते, शीघ्र ही इस देवभाषा को समेटकर एक कोने में रख दिया और प्रजेन्ट परफेक्ट टेन्स से जूझते हुए टेन्शन को प्राप्त हुए। बाद में स्थिति यह बनी कि, लोग अपनी पूरी बात अंग्रेजी में करके फुरसत भी हो चुकते थे, और हम सोचते ही रह जाते थे कि वाक्य किस टेन्स में बनेगा। इन्डीफिनिट से लेकर फ्यूचर परफेक्ट टेन्स तक सारे नियम दिमाग में गड्मड्ड हो जाते थे, लेकिन आँग्लभाषा में परफेक्टनेस नहीं आई तो नहीं ही आई। आज भी वही स्थिति है।

यही भटकाव है...देखा जाए तो।

बात कहाँ की चल रही थी और कहाँ आ के गिरी। बात चल रही थी ज्ञान-प्राप्ति के आधारभूत संसाधनों की। और जैसा कि कहा गया है कि, बन्धन से मुक्त होने से भी पहले जरूरी है बन्धन का ज्ञान होना। वह कौन-सी चीज है जो बाँधे हुए है और निपुकने नहीं देती?

अब आप कहेंगे कि लेखक जो है, वह उकसा रहा है हमें।

न...न... ऐसा नहीं है। चाहे तो एक क्षेपक सुन लें।

महाराज जनक के दरबार में जब अष्टावक्र आए तो जनक ने उनसे पूछा कि बन्धन क्या है?

अष्टावक्र ने राजदरबार के एक स्तम्भ को पकड़ लिया और कस के चिपक गए उससे। प्रगाढ़ रूप से आलिंगन बद्ध होकर चिल्लाए कि... महाराज इस खम्बे ने मुझे पकड़ लिया है। मुझे छुड़ाइए इससे, ताकि मैं आपके पास आकर बता सकूँ कि बन्धन क्या है?

विद्वान् लोग हँसने लगे। महाराज भी हँस पड़े।

कोई नई बात नहीं है...दुनिया भी ऐसे ही हँसती है। और शादीशुदा लोग तो और भी ज्यादा बुक्का फाड़कर हँसते हैं।

महराज जनक ने कहा...लेकिन स्तम्भ को तो आपने खुद ही पकड़ा हुआ है...।

अष्टावक्र ने मन्दहास के साथ कहा...एक्जेक्टली विदेह...! सही पकड़े हैं आप... यही तो बन्धन है।

और उन्होंने स्तम्भ को छोड़ दिया।

ऐसे खम्बों को छोड़ देनेवाले लोग कालान्तर में खुद स्तम्भ बनते आए हैं। बुद्ध, वाल्मीकि, तुलसी और अनेक ज्ञानवान लोग यही करते आए हैं। बन्धन को पहचानना ही मुक्ति है...कुछ लोग पहचान के बैठ जाते हैं, और कुछ लोग सचमुच ही छोड़ भी देते हैं।

आप लोग अपनी ज्ञानमीमाँसा अपने रिस्क पर ही करें तो बेहतर।

वैसे भी... सत्य उन्हीं के लिए है, जिनमे उसे सह लेने की शक्ति है। बाद में गोहार न मारने लगिएगा कि, मइया मोरी मैं नहिं माखन खायों...

और इस प्रकार, लेखक, अपनी जिम्मेदारी से बरी होता है...। इति!

कुछ तो लोग कहेंगे

हमारे युग की एक राष्ट्रीय समस्या है, जिसे हमने बचपन से ही कंठस्थ किया, या यूँ कहें कि हमें कराया गया, वह थी कि, लोग क्या कहेंगे? अपने सीखने के शुरूआती दिनों में तो हम यही समझते थे कि लोग जो हैं, वे कहने के लिए बने होते हैं, और हमारी हर गतिविधि पर, ईश्वर की भांति दृष्टि रखते हुए निरन्तर कुछ-न-कुछ बोलने के लिए नियुक्त किए हैं। थोड़ा और बड़े होने पर जब हमने संविधान की प्रस्तावना पढ़ी तो उसमें "हम भारत के लोग" पढ़ते ही हम समझ गए थे कि यही वे लोग हैं जिनके बारे में हमको सदैव से डराया गया है कि ये जो "लोग" हैं, वे अपने बारे में कुछ कहें न कहें, दूसरे के बारे में हमेशा कुछ-न-कुछ कहने को तैयार रहते हैं।

लोगों के इसी कहने या न कहने, या मुँह उठाकर कुछ भी कहने का डर ही, शायद हमारे समय में समाज को जिन्दा रखने और उसे अनुशासित रखने की जड़ी बूटी थी। लोगों का कुछ भी कहना, हमारी जिन्दगी में खासा मायने रखता था, खासा क्या, अच्छा खासा मायने रखता था। समाज के पुरोधा टाइप के लोग बताते थे कि, मनुष्य जो है, वह एक सामाजिक प्राणी है, जो पशुओं से महज इसी बात पर अलग है कि उसे "लोग क्या कहेंगे" का लिहाज है।

मुझे इसकी कल्पना नहीं है कि, जंगल में अगर एक नर और एक मादा जानवर खुलेआम, दिनदहाड़े कामक्रीड़ा करने लगें तो जंगल के शेष जानवर इस घटना पर क्या प्रतिक्रिया करेंगे? क्या वे सब मिलकर नर और मादा को फाड़ खाएँगे? या फिर बाकी के सभी नर जानवर भी जिद करेंगे कि वे भी मादा के साथ कामक्रीड़ा में रत होंगे? और क्या इस पूरे प्रकरण में मादा की कोई सहमति या असहमति ली जाएगी?

पर इतना जरूर पता है कि, निर्विघ्न कामक्रीड़ा की तो बात छोड़िए, अगर एक नर और मादा किसी पार्क में भी केवल प्रेमालाप में ही व्यस्त हों, तो उनके आसपास गमछा गले में डाले हुए, नर पशुओं की एक भीड़ अवश्य इकट्ठा हो जाएगी, और उस जोड़े के विरूद्ध भाँति-

भाँति के फतवे जारी करने में तनिक भी विलम्ब नहीं होगा। ये वही लोग हैं, या होंगे जो कि अपने शब्द शरों का सन्धान किए हुए कुछ-न-कुछ कहने के लिए ही नहीं, कुछ-न-कुछ करने का भी फुल टाइम जॉब लिए अहर्निश घूमते रहते हैं।

इससे आपको इतना जरूर समझ लेना चाहिए कि, जब सरे राह कोई कुत्ता, बिल्ली, साँप, छछूँदर का जोड़ा प्रणय क्रीड़ा में रत हो, तो बच्चे ही नहीं बुजुर्ग भी उन पर पत्थर क्यों फेंकने लगते हैं?

क्योंकि यह हमारे समाज को स्वीकार्य नहीं है, और यह पशुओं का दुर्भाग्य है कि उन्हें हमारे नियम कायदे पता नहीं हैं। उनके समाज में लोग नहीं होते, जो कि हमेशा कुछ-न-कुछ कहने के लिए मुँह बाए घूमते हों।

बहरहाल, यह बौद्धिक चर्चा फिर कभी। फिलहाल तो आप इस गरिष्ठ चर्चा से बाहर निकलें, और एक समीचीन घटना पर मुलाहिजा फरमाएं।

तो हुआ यूँ कि, हमारे एक जानने वाले थे, जिनका नाम था सोहन लाल। जाति के ठाकुर थे और खासे दबंगों में गिनती होती थी उनकी। जिद्दी, अक्खड़ और चुतियापे से लबरेज व्यक्तित्व था उनका। कुल मिलाकर पाँच भाई थे, और अँतरे-दुसरे आपस में लाठी चटकती थी।

इस पवित्र परम्परा के सम्यक निर्वहन की एक रूटीन परम्परा थी, जो कि सप्ताह में एक या दो बार तो दोहरायी ही जाती थी।

इसी क्रम में एक दिन सोहनलाल और उनके बड़े भाई किसी बात को लेकर वाक्युद्ध में रत थे। बात जो थी, वह ताने देने, व्यंग्य वचन बोलने से लेकर गाली गलौज तक की सामान्य प्रक्रिया से शुरू हुई थी, जो कि रोज का काम था। उनके एकाध छोटे, बड़े या मँझोले भाईगण और मुहल्ले के कुछ मानिन्द और प्रतिष्ठित बुजुर्ग बीच-बचाव की भूमिका में थे और फिलहाल वाक्युद्ध का सम्पूर्ण रस ले रहे थे। उन दिनों गाँवों में मनोरंजन

के साधन बेहद सीमित थे, फलत: ऐसे कार्यक्रम लोगों को दूरदर्शन के किसी साप्ताहिक धारावाहिक का रस प्रदान करते थे।

बड़े भाई द्वारा डाँट फटकार और गाली-गलौज का वातावरण पूरे शबाब पर था और सोहनलाल भी अपनी मर्यादा की परिधि में रहते हुए, बिना माँ और बहन का उल्लेख किए हुए, अन्य सांस्कृतिक गालियों से भाई को विभूषित कर रहे थे।

दो सगे भाइयों में माँ-बहन हो भी नहीं सकती थी, क्योंकि दोनों के ही रिश्ते और रिश्तेदार उभयनिष्ठ थे। फलत: इस पूरे परिदृश्य में दर्शकों और बिचौलियों, दोनों को ही कोई खास मजा नहीं आ रहा था। बीच-बचाव करनेवाले लोग, उबासी लेते हुए, घर लौटने की फिराक में ही थे कि, बड़े भाई ने सोहनलाल को एक ऐसी चढ़ती हुई बात कह दी, कि उससे बिचौलियों के मन में आशा के दीप जल उठे।

बड़े भाई ने सोहनलाल को ललकारते हुए कहा कि,"मेहरिया का गुलाम है साला... दिन भर औरत के पेटीकोट में घुसा रहता है। न खेती न पाती...किसी काम की फुरसत तो है नहीं! पड़े-पड़े खा रहे हैं हरामखोर!"

"हरामखोर" शब्द पर कोई खास गौर न करते हुए, सोहनलाल ने अहाते में खड़े हुए, नजर फिराकर मकान के छज्जे की ओर देखा। वहाँ उन्हें पत्नी की एक झलक मिली। हालाँकि चेहरे पर घूँघट था, लेकिन कल्पना शक्ति भी कोई चीज होती है, जो कि सोहनलाल जी में थोड़ी-थोड़ी थी। उन्हें अपनी कल्पना में अपनी चन्द्रमुखी पत्नी का ज्वालामुखी चेहरा स्पष्ट रूप से दृष्टिगोचर हुआ।

आखिरकार, सोहनलाल का संयम टूट गया। वे मकान के अहाते में ही स्थित एक पुराने कुएँ के पीछे बनी हुई झोंपड़ी की ओर भागे, जहाँ उनकी तेल पिलाई हुई लाठी विराजमान थी। आज उनका इरादा, फाइनली बड़े भइया का सर फाड़ देने का था।

"अरे उसे रोको कोई! कुएँ में कूदने जा रहा है सोहनलाल।" मुहल्ले के किसी बुजुर्ग ने अपना अन्देशा जाहिर किया।

"सोहनलाल जिद्दी आदमी है! किसी के रोके नहीं रुकेगा वह! अब

तो कूद ही जाएगा। पकड़ो उसे कोई।" दूसरे बुजुर्ग ने अपनी हथेली पर तम्बाकू मलते हुए कहाँ।

"हम तो शुरू से ही जानते हैं सोहनलाल को। कायली बरदाश्त नहीं है उसे। आज तो प्राण त्यागकर ही रहेगा।" तीसरी आवाज आई।

"अरे पकरा वही...कुआँ म कूदैं जात है सोहनलाल!" घर के छज्जे पर खड़ी महिलाओं में से किसी की चीत्कार सोहनलाल के कानों में पड़ी।

सोहनलाल के झोंपड़ी की ओर बढ़ते कदम, तत्क्षण ही कुएँ की ओर मुड़ गए। और अगले ही क्षण उसने कुएँ की जगत पर चढ़कर, कुएँ के अन्दर छलाँग लगा दी।

"हम तो पहले ही कह रहे थे कि, हद्द जिद्दी आदमी है। कुएँ में कूदे बिना मानेगा नहीं!"

कुएँ में गिरते हुए सोहनलाल को यह एक आखिरी जुमला सुनाई दिया, और फिर वह बेहोश हो गया।

कुएँ में पानी के नाम पर थोड़ी-बहुत तलछट और गीली मिट्टी थी, जिस पर जाकर सोहनलाल गप गया। आनन-फानन में रस्सी डालकर दो आदमी कुएँ में उतरे और बेहोश सोहनलाल को टाँग लाए।

"काहे जान देने पर उतारू थे? इतनी-सी बात पर कौन कुएँ में कूदता है भला?" सोहनलाल के होश में आने पर, एक मुँहलगे मित्र ने एकान्त में पूछा।

"कौन साला कूद रहा था यार? मैं तो झोंपड़ी से अपनी लाठी उठाने जा रहा था, तब तक लोग चिल्लाने लगे कि देखों सोहनलाल कुएँ में कूदने जा रहा है। अब तुम्हीं बताओ, कि अगर मैं न कूदता तो क्या इज्जत रह जाती मेरी गाँव में? सबको उम्मीद थी कि मैं कुएँ में कूदूँगा, और तब अगर मैं पीछे हटता तो कल को क्या मुँह दिखाता किसी को?"

सोहनलाल ने एक साँस में बताया।

सोहनलाल की बात जाएज थी।

इस "मुँह दिखाई" की रस्म के चलते ही रोज न जाने कितने लोग आत्महत्या करते हैं। हाईस्कूल में फस्ट डिवीजन में पास न हो पाने पर किशोरों के सामने, घरवालों को मुँह न दिखा पाने का संकट है। कंप्टीशन

में पास न होने, एक अदद नौकरी न मिल पाने पर परिवार, रिश्तेदार और समाज के सामने मुँह दिखाई का संकट है।

और मुँह दिखाने की हिम्मत जुटा भी लें, तो इस बेताल प्रश्न का क्या...?

कि, लोग क्या कहेंगे?

बहरहाल, एक कवि ने बड़ी हिम्मत के साथ दो पंक्तियों में इसे जस्टीफाई करने का प्रयास किया है कि,

"कुछ तो लोग कहेंगे
लोगों का काम है कहना!"

और एक ने तो एकदम्मे से ललकार दिया है...

"लोगों को कहने दो
कहते ही रहने दो!

इसमें से जो भी ठीक लगे, ग्रहण करें। क्योंकि लोग नामक जन्तु तो कुछ-न-कुछ कहेंगे ही।

हिरदय परिवर्तन

मानव शरीर में हृदय जो है, वह बड़ा ही अस्थिर और अनवरत चलायमान है। इसके अहर्निश चलने पर ही जिन्दगी टिकी है, एक बार यह रुक गया तो हो गया काम।

हमें इसके निरन्तर चलते रहने से कोई ऐतराज नहीं है।

कन्फ्यूजन तो इसके परिवर्तन से होता है। बड़ा भ्रमित करता है इसका परिवर्तित हो जाना। और जीवन में कभी एकाध बार हो, तो भी ठीक है। जैसे वाल्मीकि जी का हो गया था, या फिर तुलसीदास जी का ।

लेकिन दिक्कत यह है कि, बाज लोगों का हृदय तो बात-बात पर परिवर्तित होता है।

कुछ दार्शनिक टाइप के लोग यह तो बताते हैं कि, आत्मा तरल स्वरूप में है। लेकिन हृदय भी लिक्विड फॉर्म में होता है, यह नहीं बताया किसी ने। यह जो हृदय हैं, वे हिलते-डुलते, लचकते-छलकते कब भर आए पता नहीं चलता। खुद हृदय और उसका धारक कब न परिवर्तित हो जाए, ये किसी को नहीं पता।

अब देखिए न! कल तक जो नीट पीकर, पूरे हृदय से किसी एक दल के दलदल में औंधे मुँह पड़े थे, वे सुबह अपनी रँगी हुई उँगली दिखाकर बताते हैं कि, उन्होंने अपने हृदय की आवाज पर किसी दूसरे दल के निशान पर ठप्पा लगाकर अपना पितृ ऋण चुका दिया है। जिनके हृदय बदलने होते हैं, उनके कान भी बहुत साफ हो जाते हैं। वे महीन-से-महीन आवाज भी सुन लेते हैं। कभी उनकी आत्मा खुसफुसाती है तो कभी जमीर कुलबुलाता है, कभी अन्दर से आवाज आती है तो कभी नीचे से। और वे तत्काल उस आवाज को सुनकर अपने हृदय को कुरेदते हैं..."बदल जा सिमसिम!"

और वह बदल जाता है।

आजकल एक ही देश में देशभक्त भी होते हैं और देश द्रोही भी। पहले का क्या है कि, देशभक्ति जो है, वह एक साइड जॉब थी। आदमी अपना खाते-कमाते, काम-धाम निपटाते और परिवार पालते हुए, मौका निकालकर देशभक्त भी हो लेता था।

मने आप खुद सोचिए, कि कोई भला आदमी, अगर रोज सुबह-शाम उठते-बैठते, अपने माँ-बाप के चरण स्पर्श न करे, तो क्या उसे बापद्रोही या मातृद्रोही मान लिया जाता था क्या? या फिर उसकी गिनती अनाथों में होने लगती थी?

लेकिन आज के राष्ट्रवादी दौर में आपको फुलटाइम देशभक्त होना पड़ेगा, नही तो आप कुछ न करें, तो भी देशद्रोही हैं। आपका देशभक्त न होना ही, देशद्रोही होना है। उसके लिए देशद्रोह जैसा कुछ करने की जरूरत नहीं आपको। यह भी जरूरी नहीं है कि आप देशभक्ति के मुद्दे या उसके मानकों से सहमति या असहमति दर्शाएं। यह दरअसल बहस का विषय हइयै नहीं।

देखिए साफ बात है। यहाँ बात सिर्फ मुद्दों पर सहमति-असहमति की नहीं है। असली मामला हृदय नाम के अंग का है, जो कि जरा सी बात पर परिवर्तित होने के लिए कमर कसे बैठा है। अब आप यहाँ यह वितंडा खड़ा न कीजिएगा कि हृदय के तो कमर होती ही नहीं?

तो अब बात को समझिए। हमको पूरा "कोटा" मिला नहीं, मिला भी तो सही कुर्सी नहीं मिली, हलकी और कमजोर मिली। हमें चाहिए थी खाँटी सागौन की मजबूत पाएवाली कुर्सी, और आपने पकड़ा दी ताँत की बुनी हुई प्लास्टिक वाली? यह वाली हमें चहिए ही नहीं।

बस...फिर क्या है?

खट्ट से हृदय परिवर्तन हुआ, और झट्ट से वाक आउट। अब आप इसे "घर वापसी" कह लें, या सुबह के भूले को शाम का लौटना। आपकी मर्जी। हमारा क्या है, हृदय साफ है, बदल गया तो बदल गया, हम क्या करें?

यह हृदय जो है, वह बदलने के पहले चिचियाकर पुकारता है। एक बार नहीं, कई बार। लेकिन हमें उसकी आवाज तब तक नहीं सुनाई देती, जब तक सब कुछ "सेट" न हो जाए। हर चीज ठीहे पर न बैठ जाए। ऐसा मुगालता न पालिएगा कि, यह हृदय की कोई "मेडिकल टेंडेसी" है। यह हमारे हृदय की सनातनी, पौराणिक और मिथकीय आदत है। चाहे तो आप वांगमय उठाकर देख लें।

लंका में विभीषण का हृदय तभी से आवाज देने लगा था, जब रावण सीता का हरण करके अशोक वाटिका लाया था। सुबह-शाम एकाध बार कोई महीन सी आवाज विभीषण के कान में पड़ ही जाती थी, कि यह जो हुआ, ठीक नहीं हुआ।

लेकिन विभीषण जो थे, वे अपने ही इस हृदय की आवाज को, अलार्म की तरह स्नूज करते रहे। तब तक, जब तक कि उन्हें समुद्र के उस पार भगवान् राम की सेना के डेरा डाल देने, और सेतुबन्ध की सूचना प्राप्त नहीं हो गई। और अन्ततः एक दिन, जब रावण ने विभीषण के स्थान-विशेष पर करारा पद प्रहार किया, उसी वक्त विभीषण के हृदय परिवर्तन की ऐतिहासिक घटना सम्पन्न हुई। इस प्रहार से व्यथित, विभीषण के हृदय ने उन्हें सादर अवगत कराया कि, रावण जो है, वह राक्षस है और राम जो हैं, वे भगवान् हैं। और फिर अपने हृदय के कहने पर ही, विभीषण जी, समुद्र पार करके भगवान् राम की शरण में उपस्थित हो चुके।

इस ऐतिहासिक हृदय परिवर्तन के पीछे, विद्वान् मीमांसक लोग भक्ति, आस्था, नैतिकता और आध्यात्मिकता देख सकते हैं। वह उनका काम है, और वे देखेंगे ही। उन्हें देखने दें।

वे जो नहीं देख पाए हैं, वे हैं हृदय परिवर्तन की घटनाओं के पीछे की महत्त्वाकांक्षाएँ, गुणा-गणित, दूरदर्शिता और जोखिम। उन्हें अपनी सूक्ष्म दृष्टि से अवलोकित करना चाहिए था, कि हर हृदय परिवर्तन के पीछे एक मूल तत्त्व है। और वह है- शरीर के किसी संवेदनशील स्थल पर आक्रामक प्रहार। प्रायः हृदय परिवर्तन इसी "बिग पुश" थ्यौरी से होते आए हैं। वाल्मीकि को यह प्रहार स्वयं हृदय पर ही पड़ा था और तुलसीदास जी को उनकी कामुकता पर।

अब प्रश्न यह उठता है कि, कल तक जो लोग एक-दूसरे को छक भर गरियाते हुए नहीं अघाते थे, वे आज गलबहियाँ डालकर घूम रहे हैं? क्या वाकई राजनीति, मस्तिष्कों पर नियन्त्रण की कला है, जैसा कि एक राजनीतिक विचारक कह गुजरे हैं? तो फिर इसमें हृदय की भूमिका कहाँ है? और अगर नहीं है, तो हृदय परिवर्तन होता कैसे है? रात में अकबर का हाथी खरीदनेवाले, जब सुबह दरबार में हाजिर होते हैं, तब होता है हृदय परिवर्तन। इसमें कोई राजनीति नहीं है भाई साहब! सब पिछवाड़ा बचाने की कवायदें हैं।

अभी चुनाव होंगे। यार लोग तन, मन और धन से एक महासंग्राम के विभिन्न पक्ष होंगे। युद्ध काल की समाप्ति के बाद शाम की बैठकों में मिलेंगे परिवर्तित हो चुके हृदय।

वे कहेंगे...कि भाई! वह तो राजनीति थी, जिसने किसी और रंग का दुपट्टा गले में डाल दिया। वरना हम तो दोस्त हैं, और दोस्त रहेंगे।

और यही, हृदय की असली आवाज होगी शायद!

कामगार

आज फलाने महोत्सव में जाने का काम किया।

आज दोपहर में पार्षद जी के साथ भोजन पर रहने का काम किया।

आज बाजार जाने और सब्जी लाने का काम किया।

कामगारों की यह श्रेणी बड़े-बड़े काम बड़ी विनम्रता से सम्पादित करती है। गरीब मजदूर के घर आधा किलो आटा से लेकर सरकारी अस्पताल में बारह मरीजों को एक केला देने तक, दिन भर इनकी व्यस्ताएँ दृष्टव्य हैं। तिस पर, इस सबके बीच एकदम रीसेट फेसबुक स्टेटस चस्पा करने का काम भी कम श्रमसाध्य नहीं है।

और ताज्जुब यह कि, कामगारों की यह पीढ़ी, इस सबका श्रेय भी नहीं लेना चाहती। वह खीसें निपोरकर, बस "ओनली फॉर इन्फॉर्मेशन" लोगों को बता भर देती है कि उनका आज का दिन कितना व्यस्त रहा। सुबह-सुबह उठकर बाथरूम जाने का काम किया, फिर चाय पीने का। "देसी चूल्हे की चाय" शीर्षक के साथ, जलते हुए चूल्हे और उबलती हुई चाय की तस्वीर के साथ "पोस्ट" अपडेट करते हुए, सुप्रभात का प्रथम चरण पूर्ण हुआ।

अब अगला शेड्यूल है क्षेत्र भ्रमण का।

सबसे पहिले एक स्थानीय दंगल में जाने, रहने और देखने का काम किया। पहलवानों से हाथ मिलाया और ताली बजाने का काम किया। तत्पश्चात बम्बुर वाले बाबा, गूलरवाली दाई या फिर लटके हुए महर्षि के भंडारे में रहना हुआ। आप इसे आँशिक संशोधन के साथ कह सकते हैं कि भंडारे में रहने का काम किया।

काम के प्रति इतनी सघन प्रतिबद्धता, समाजवादी और प्रगतिवादी सोच के लोगों का सद्गुण है। काम के प्रति आतुर (सीधे-सीधे कामातुर कहना, सम्भवतः भाषिक दृष्टि से अनुचित होगा) यह कामकाजी पीढ़ी, सुबह से लेकर शाम तक हर घटना, गतिविधि, क्रिया, प्रक्रिया और संक्रिया को काम के ही पैमाने पर नापती है। पहले ये काम केवल होते थे, लेकिन फेसबुक की असीम कृपा से अब ये सारे काम दिखते भी हैं।

हम लोग तो अपने बचपन में सुबह से लेकर शाम तक इत्ते काम करते थे कि अगर उनका ब्योरा सार्वजनिक हुआ होता तो हमें अब तक भारतरत्न मिल चुका होता। गेहूँ पिसाना, सब्जी लाना, गाय का चारा-भूसा करना, पौधों को पानी देना, पिता जी के पैर दबाना, घरेलू कामों में माँ की मदद करना, और इन्हीं व्यस्तताओं के बीच, आँख से काजल चुराने की मानिन्द, दोस्तों के साथ क्रिकेट खेलने, भाई-बहनों के साथ झगड़ने और लँगोटिया यारों के साथ आवारागर्दी करने का भी समय निकाल ही लेते थे।

और आप यकीन नहीं करेंगे कि, इसी दौरान हम लगे हाथ स्कूल भी हो आते थे, इक्का-दुक्का क्लास भी अटेंड कर लेते थे और मास्टर साहब से दोनों कान खिंचवाकर, हथेली पर दो-चार छड़ी खाकर, मौका मिल जाए तो होमवर्क भी कर लेते थे।

बावजूद इसके, हमारे जीवन का पैमाना काम नहीं था, बल्कि कामचोरी थी। एक काम से एक टुकड़ा समय निकालकर हम उसी दौरान दूसरे काम को कर लेने में अपना हुनर मानते थे।

पैमाने से याद आया। बचपन में हमारे घर में एक किराएदार रहता था, जो कि सुख-दुख, आनन्द-विषाद हर मानवीय संवेदना को इंच में नापता था। मसलन, आज एक इंच भूख नहीं है... हमें एक्को इंच खुशी नहीं हुई। हमको एक्को इंच फरक नहीं पड़ता कि कोई हमें क्या कहता है... वगैरा वगैरा।

हम लोग उसे इस मापक शब्दावली के कारण "एमकेएस पद्धति" के नाम से जानने लगे थे।

कालान्तर में "हमको एक्को इंच फरक नहीं पड़ता" वाले वाक्य में "एक्को इंच" नामक पदबन्ध को नई पीढ़ी ने "घंटा" शब्द से प्रतिस्थापित

कर दिया। यह घंटा, वस्तुतः विशुद्ध वैज्ञानिक शब्दावली में साम्प्रदायिकता को इन्ट्रोड्यूस करने का पहला उदाहरण था, जिसे हम लोग स्वीकार नहीं कर सके। घंटे के प्रयोग से व्यथित होकर, हमारे एक भाषान्वेषी मित्र ने इस पदबन्ध के लिए मानव शरीर के स्थान-विशेष की घुँघराली केशराशि के प्रयोग का प्रस्ताव रखा, जो कि ध्वनिमत से पारित हो गया।

बहरहाल, आजकल यह कामोत्सुक पीढ़ी जिस संघनित काम में मुब्तला है, वह है कि कोई भी काम करके, करते हुए, करने से पहले, या न करते हुए, एक सेल्फी लेकर फेसबुक या इन्स्टाग्राम में चिपका देने का। हिन्दी में बेहद गरीब और अंग्रेजी में भिखारी की सी हैसियत रखने-वालों को भी इससे कोई फर्क नहीं पड़ता कि इन पोस्टों को देखकर आपका रक्तचाप किस श्रेणी तक बढ़ता है। कईयक तो एक छोटे से टीले पर खड़े होकर अपनी बीबी की एक रोमांटिक सी फोटो **(अपनी समझ में)** चस्पा करते हुए, नीचे लिखते हैं..."एन्ज्वाय माई वाइफ" ।

लोग पढ़ते हैं, और एन्ज्वाय करते हैं।

दो मित्र, एक स्टिकर लगा हुआ ऐनक पहनकर लिखते हैं..."आई एंड माई अंडरवियर फ्रेंड!"

कई बार इस तस्वीर में केवल अंडरवियर ही फोकस में आता है, और फ्रेंड जो है, वह नेपथ्य में चला जाता है।

जहाँ तक हमारे अपने वक्त की बात है, बचपन से ही गणित में काम-समय-चाल पढ़ते-पढ़ते, अचानक ही एक दिन फिजिक्स ने हमें यह कर चौंका दिया कि, विज्ञान के लिहाज से काम करने के भी अपने नियम होते हैं। एक सौ अस्सी डिग्री पर खड़े होकर, अगर आपने पच्चीस किलो की बोरी भी सर पर रख ली, और दस मिनट यूँ ही लम्बवत खड़े रहे, तो आपने कोई काम ही नहीं किया।

ऐं? यह क्या...

तो फिर जो लोग आधे-आधे घंटे मंच पर खड़े होकर, लोगों को धूप में खड़े रखकर, उन्हें कर्मठ बनाने का काम करते हैं, विज्ञान की दृष्टि से उन्होंने कोई काम ही नहीं किया? कोई काम नहीं हुआ? न वक्ता का, न प्रवक्ता का, न जनता का?

यानी वक्त गुजरा, सुइयाँ हिलीं, लेकिन अगर आदमी नहीं हिला, तो

कोई काम ही नहीं हुआ?

तो फिर उन पोस्टों का क्या?

"आज भाषण देने का काम किया। आज फलाँ मैदान में लोगों को जगाने का काम किया।"

संसार के सबसे आलसी आदमी ने, किसी दरिया के किनारे लेटे-लेटे ही कहा होगा कि, "नेकी कर, दरिया में डाल।" अब तो माहौल यह है कि, नेकी-अनेकी चाहे जो कर, उसे फेसबुक में डाल। कुछ न करने को भी अब काम की श्रेणी में लिस्टेड कर लिया गया है। लोग प्रायः अपनी प्रोफाइल में पोस्ट करते हैं...

"आज खेत में आराम करते हुए।"

"आज ऑफिस जाने का काम किया **(भले ही वह हमारा काम ही हो)**।"

ये सूचनाएँ बताती हैं कि आदमी जो है, वह हमेशा काम पर है। चाहे उठने का काम हो, या बाथरूम जाने का, चाहे गाय को चारा खिलाने का हो, या उसे खुद ही खा जाने का। कम्बल में दुबके रहने का काम हो, या कम्बल बाँटने का।

खैर! आज जो हमने यह लिखने का काम किया है, उसे पढ़ने का काम करें, और हो सके तो, आप भी एक तस्वीर फेसबुक पर चेंप डालें।

भौंकना जरूरी है

कल एक सन्त का प्रवचन सुन रहा था।

बड़े सुन्दर और प्रभावकारी शब्दों में, वे कुछ धार्मिक क्षेपकों के सहारे जीवन की विसंगतियों पर व्यंग्य कर रहे थे।

व्यंग्य जहाँ भी हो, उसे पकड़ लेना चाहिए, ऐसा मेरा मानना है।

वे बता रहे थे कि, जब किसी गाँव में काई हाथी घुसता है तो उसे देखते ही गाँव के बुजुर्ग खुद तो उसे हाथ जोड़कर प्रणाम करते ही हैं, अपने बच्चों को भी प्रेरित करते हैं कि वे हाथी को श्रद्धापूर्वक प्रणाम करें। वे कहते हैं कि, देखो ये गणेश जी हैं। इन्हें प्रणाम करो।

यहाँ एक बात स्पष्ट है, कि जिसमें देवत्व हो, ईश्वरत्व हो, जिस पर आस्था हो, तो सिर्फ वही नहीं, उसका मिलता-जुलता प्रतिरूप या समरूप भी सम्मान का पात्र बन जाता है, चाहे वह कोई पशु ही क्यों न हो।

हाथी जो है, वह महज गणेश जी जैसा दिखने मात्र से लोगों की श्रद्धा का पात्र बन जाता है। सोचिए जरा, कि अगर इस देवत्व का एक अंश भी खुद व्यक्ति में उतर आए तो वह कितनी श्रद्धा और आस्था का पात्र होगा?

बहरहाल! कथा को आगे बढ़ाते हैं।

गज भ्रमण और ग्रामवासियों के उन्हें प्रणाम करने के साथ ही, एक और भी दृश्य दृष्टिगोचर होता है। यह सच है कि जितने हाथ, हाथी के सामने जुड़ते हैं, उससे भी कहीं ज्यादा, गाँव के भौंकते हुए कुत्ते उसके पीछे-पीछे होते हैं।

यह बड़ा ही स्वाभाविक नियम है कि, जिसकी जितनी स्तुति होगी, जो एक बड़े वर्ग की आस्था और श्रद्धा का पात्र होगा, उसकी उतनी ही निन्दा भी होगी। जिसके सामने जितने हाथ जुड़ेंगे, उतने या उतने से ज्यादा भौंकनेवाले लोग भी उसके पीछे होंगे। आपकी विशालता जितनी बढ़ती

जाएगी, चाहे वह कद की हो, पद की हो, व्यवहार की हो, या लोकप्रियता की, आपके पीछे-पीछे भौंकने वालों का सम्प्रदाय बढ़ता जाएगा।

लेकिन गौर करने की बात यह है कि, लोग और उनके जुड़े हुए हाथ, आपको आपके सामने दिखाई देंगे। वे आपको सामने से प्रणाम करेंगे, आदर देंगे। लेकिन भौंकनेवाले सदैव आपकी पीठ पीछे ही रहेंगे। वे सामने नहीं आएंगे। आपके व्यक्तित्व और आपकी विशालता देखकर काटने की हिम्मत तो नहीं है उनमें, लेकिन किसी अनैच्छिक क्रिया की तरह, बड़े स्वाभाविक रूप से, कर्तव्य भाव से वे भौंकते रहेंगे।

अगर आपमें पशुओं की भाषा समझ पाने की शक्ति होती, या फिर खुद कुत्ते ही आपकी-हमारी भाषा बोल सकते, और हम उनसे संवाद कर पाते, तो शायद यह संवाद कुछ यूँ होता -

"क्या समस्या है कुत्तेश्वर? काहे भौंक रहे हो?" प्रश्न होता।

"भौंकना हमारा काम है, हमारी प्रवृत्ति है! तुम्हें क्या टेंशन है?" कुत्ते जवाब देते।

"लेकिन कुछ तो भौंको। तकलीफ क्या है तुम्हें? क्या तुम हाथी की विशालता से फ्रस्टेट हो?" प्रश्न पुनः अपने बदले स्वरूप में प्रस्तुत होता।

"काहे की तकलीफ? कैसी समस्या? हमें हाथी की विशालता और उसकी गम्भीर चाल से न कोई दिक्कत है न तकलीफ। लेकिन इसके आगे लोग जो हाथ जोड़कर खड़े हैं, अब वह हमें सहन नहीं हो रहा। हमें इसकी स्तुति, इसके प्रति लोगों की श्रद्धा और आस्था बरदाश्त नहीं हो रही। बाकी और कोई बात नहीं है। हम भी इसकी विशालता और निस्पृहता का सम्मान करते हैं। हम तो यह भी देख रहे हैं कि, हमारे भौंकने के बावजूद, न तो इसे कोई फर्क पड़ रहा है, और न ही यह हमारे विरूद्ध कोई आक्रामक प्रतिक्रिया ही कर रहा है। लेकिन हम क्या करें? हमें हाथ जोड़ना नहीं आता, बस भौंकना आता है, सो वही कर रहे हैं। और सच तो यह है कि, हम हाथी पर भौंक भी नहीं रहे, हम तो उन पर भौंक रहे हैं, जो इनकी स्तुति कर रहे हैं!" कुत्ते शायद यही जवाब देते।

तो लब्बोलुआब यह ठहरा कि, कुत्ते कभी सामने से आकर भौंकते नहीं, और पीछे से भौंकना छोड़ते नहीं। यहाँ इस तथ्य पर भी एक नजर डाल

लेनी जरूरी होगी कि, उनके भौंकने के स्वभाव और भौंकने की आजादी में समानुपातिक सम्बन्ध होता है। यह तब साबित होता है, जब गाँव के बच्चे, हाथी को प्रणाम करने के बाद, एक-एक पत्थर उठाकर, इनकी ओर सनसनाते हैं और वातावरण "क्वां क्वां" की ध्वनि से गुंजाएमान हो जाता है।

और अन्त में, यह भी देखते चलें कि, हाथी की भी अपनी एक विशेषता है।

वह हाथ जोड़नेवालों के पास रुकता या ठहरता नहीं, और भौंकनेवालों की तरफ मुड़कर देखता भी नहीं।

सहजहिं चले सकल जग स्वामी
मनहुँ मंजु वर कुंजर गामी।

चिर असन्तुष्ट

वे चिर असन्तुष्ट हैं।

वे एक अकेले ही, धुर ईमानदार, और बेहद शुचितापूर्ण जीवन के पक्षधर हैं। लेकन उनका दुख यही है कि उनके आसपास की दुनिया बेहद कमीनी और कामचोर ठहरी। वे समय-समय पर दुनियावी कमीनेपन का सर्वेक्षण करते रहते हैं, और अपने निष्कर्षों को डायरी में नोट करते चलते हैं।

वे बिजली के खम्बे में लगे सरकारी बल्ब पर पत्थर मारकर चेक करते हैं कि वह फूटता है कि नहीं?

अगर फूट गया तो, बल्ब की क्वालिटी खराब है। सरकार चोर है, ठेकेदार चोर है, बिजली विभाग महाचोर है।

और अगर नहीं टूटा, तो पत्थर कमजोर है। सड़क बनानेवाला ठेकेदार चोर है।

अभी कल रात की ही बात लें। उन्होंने रात किसी सरकारी अफसर के घर सेन्ध लगायी, तो हतप्रभ रह गए। टी.वी, एसी, महँगे सोफे, महँगे पर्दे...

लोग कहाँ से, और कैसे कमा लेते हैं इतना कुछ? वह भी सरकारी आदमी?

ऊपर से जरा कमीनगी तो देखिए इनकी? घर में एक भी जेवरात नहीं, कैश भी नहीं। सब कुछ लॉकर में धरे पड़े हैं। मने, कोई गरीब आदमी इनके यहाँ, रात-बिरात अपनी जान जोखिम में डालकर सेन्ध लगाए, तो अपने कर्मों को रोए? बाकी भारी भरकम चीजें समेटकर ले भी जाए तो कैसे? पब्लिक की सुविधा का कोई खयाल ही नहीं रहा सरकारी अफसरों को?

और इस तरह के मौकों पर, आप जानते ही हैं कि, टैम्पो और ट्रकवाले भी किराया एक का सौ माँगते हैं। जानते हैं कि, गरज ज्यादा है और टाइम कम। अभी सुबह का उजाला हो जाएगा, चार लोग दूध लेने निकल पड़ेंगे, और आते-जाते पूछ-पूछकर हलाकान करेंगे कि, "क्या हुआ भाई साहब? मकान बदल रहे हैं क्या? नए-नए शिफ्ट हुए हैं क्या? यह नहीं कि, हाथ ही लगा दें और सामान लोड कराने में कुछ मदद करें।

सब चोर हैं साले।

अभी ज्यादा नहीं, कल-परसों की ही बात ठहरी।

स्टेशन में जेबकतरी का टेंडर था। थानेदार ने साठ परसेंट लगा दिए अपने।

यानी पब्लिक के बीच घुसकर, जान जोखिम में डालकर हुनर का मुजाहिरा करें आप, और शाम को साठ परसेंट रख दें दरोगा जी के हाथ में?

हद्‌द है कि नहीं?

"भइया हियाँ तौ अइसै है!" खैनी मलते हुए, भूतपूर्व पुराने डकैत "झाँखर सिंह" ने बताया।

"औ ई कमीसनवाला तरीका एकदम फिट्‌ट है। हम तो कइयो बार "फिक्स टेंडर" में फँस चुके हैं। एक ठो बस लूटनी थी हमको। सारा पिलान फाइनल था। दरोगा जी से पच्चीस हजार में बात तय हुई। रात में घात लगाकर एक सरकारी बस रोकी और "बिधिवत" लूटपाट की। सब कुछ मिल-मिलाकर हाथ लगा दस-ग्यारह हजार के आसपास। लेकिन सुबह दरोगा जी पच्चीस पर अड़ गए। हमने बिद्या कसम भी खाई और गंगा कसम भी, लेकिन दरोगा जी टस से मस नहीं हुए। कहिने लगे कि बस तो लुटी न? अब तुमको क्या मिला, क्या नहीं, इससे हमें क्या लेना-देना? फिर भइया, बैंक से लोन उठाकर, हमने दरोगा जी का पइसा भरा।"

बताइए...! यह तो हाल हैं। एक बार तो हम एक-दूसरे स्टेट में डाका मारे। पकड़े गए तो दरोगा जी कहिने लगे कि हमारा ही इलाका मिला था तुमको?

अब आप ही बताओ, कि अइसा कउन सा इलाका होता है, जहाँ कोई दरोगा न होता हो? डकैती में तो अब कोई इज्जत ही नहीं रही भाई

साहब। इससे अच्छा तो वह है...क्या कुछ अंग्रेजी सा तो नाम है, हाँ! साइबर क्राइम। फोन फोन पे काम हो जाता है, और कमीसन का कौनो झँझट नहीं...!"

उनकी असन्तुष्टि चरम पर है आजकल। इस असन्तोष पूर्ण दिनचर्या की सुबह ही पेट साफ न होने से शुरू होती है। वे सबसे पहले अपने पेट से असन्तुष्ट होते हैं, फिर उस बीड़ी के बँडल से जो दिन ब दिन महँगा होता जा रहा है। महँगाई का जिक्र आते ही वे पेट की कब्ज भूलकर बताने लगते हैं कि उनके बाबा के जमाने में रुपयों में नहीं, पैसों और आनों में चीजें मिलाकरती थीं। इत्ते आने का एक सेर घी, उत्ते आने का एक सेर बादाम।

और फिर वे चौराहे पर चाय पीने के लिए चल पड़ते हैं। चाय की दुकान पर, किसी के चाय न पूछने पर वे पुनः असन्तुष्ट हो उठते हैं और समाज, संस्कार, संस्कृति, भाईचारा, व्यवहार, आचार, विचार, जैसे शब्द बड़बड़ाने लगते हैं।

फिर आती है अखबार की बारी।

अखबार की प्रायः हर खबर से असन्तुष्ट होना उन्हें बेहद प्रिय है। उनके असन्तोषी मन को प्रचुर मात्रा में खाद्य सामग्री अखबार से ही प्राप्त होती है।

"देख रहे हैं?" वे पास में बैठे एक अजनबी से मुखातिब हैं।

वह नहीं देख रहा है। क्योंकि पूरा-का-पूरा अखबार, असन्तोषी जी से मुखातिब है, और अजनबी को केवल उसके पृष्ठ भाग में छपा "नामर्दी का शर्तिया इलाज" वाला विज्ञापन ही दिख पा रहा है, जिससे वह पर्याप्त सन्तुष्ट होता है। उसकी सन्तुष्टि, उसकी अपनी बाँछों से होती हुई, उसके शरीर में यत्र, तत्र, सर्वत्र दृष्टिगोचर है।

"पाकिस्तान घुसने की तैयारी में है, और चीन जो है, वह घुसा ही चला आ रहा है...!" वे बेहद असन्तुष्टिपूर्ण मुद्रा में अवगत कराते हैं।

अजनबी अपना पैजामा झाड कर उठता है, और पैजामें में उन सम्भावित छिद्रों का सिंहावलोकन करता है, जहाँ से पाकिस्तान या चीन के घुस जाने की जरा भी सम्भावना हो। पैजामें में छेद नहीं हैं, फलतः वह पुनः सन्तुष्ट होकर, पूर्ववत् उसी विज्ञापन को मुग्ध भाव से निहारने लगता है।

“क्वार्टर के दाम फिर बढ़ गए!” वे एक नई खबर पर केन्द्रित होते हुए, असन्तुष्टि से चिन्तित होने पर उतारू हैं।

“और अद्धा के?” अजनबी इस असन्तोषमय वातावरण में पहली बार उत्सुक होता है।

“चूतिया हो क्या बे? जब क्वार्टर का दाम बढ़ेगा, तो अद्धा का नहीं बढ़ेगा?” वे फिर असन्तुष्ट हो जाते हैं।

“गलत बात है!” अजनबी निस्पृह भाव से टिप्पणी करते हुए, खाली चाय का गिलास सामनेवाली बेंच पर रख देता है।

“जरा इधरवाला पन्ना दीजिएगा!” कहते हुए अजनबी, बिना किसी पूर्व सूचना के विज्ञापनवाला हिस्सा बड़ी बेहुरमती से फाड़कर जेब में रख लेता है।

और उनके आसपास असन्तोष के साथ-साथ वितृष्णा के भी बादल घने हो उठते हैं।

ज्योतिर्मा तमसो गमय

शीर्षक विचित्र लग सकता है।

तो खाली शीर्षक पढ़ाने के लिए लिख भी नहीं रहे हैं। भारत विचित्रताओं का देश है, और जब चारों तरफ विचित्रताएँ ही ऊभ-चूभ हो रही हों, तो विचित्रताओं से डर कैसा?

हालाँकि प्रारम्भ में आपका चौंकना लाजिमी था। हम भी यही जानते थे कि हमारी सभ्यताएं "तमसो मा ज्योतिर्गमय" का चीत्कार करते हुए अन्धकार से प्रकाश की ओर संचलन हेतु छटपटाती रही हैं। यात्रा चाहे वह सभ्यता की हो, जीवन की हो, समाज की हो, या अध्यात्म की, आकांक्षाएँ सदैव प्रकाश की ओर ही बढ़ने की होती आई हैं। कूप-मंडूकता, अन्धविश्वास, क्रूरता, बर्बरता, रूढ़ियों और मस्तिष्क के बन्द दरवाजों को खोलकर, खुली हवा में साँस लेने की जिजीविषा ही प्रगति का आधार मानी जाती रही है।

इधर क्या हुआ कि, अचानक ही हम वेदों की ओर लौटने या बैक टू नेचर के निर्दोष और क्यूट नारे के साथ अपने अतीत के कुएँ की ओर लौटने को आतुर होते जा रहे हैं। अगर सच में ही, हम वह होना चाहते हैं, जो हम नहीं थे, या नहीं हो पाए, तो हम अपनी यात्रा की दिशा को उधर भी मोड़ सकते हैं जो सदिश हो? जो उदार मानसिकता और जीवन जीने लायक समाज के निर्माण की ओर प्रेरित करता हो?

लेकिन नहीं! मजा नहीं आ रहा इसमें। जब तक कुछ "खोदा खनी" न हो, तो जीने में एडवेंचर की कमी महसूस होती है। हम तो अपना अतीत खोदकर कंकाल निकालेंगे और उसमें फिर से माँस चढ़ाएंगे, चाहे वह कितना भी गन्धा रहा हो।

तो, जब पेट भरे हों या हमें बताया जा रहा हो कि पेट भरने से भी ज्यादा जरूरी है इतिहास का छिद्रान्वेषण, तो एक सायास और प्रायोजित

मुहिम अस्तित्व में आती है, जो कि अपने अदृश्य स्वरूप में, कच्चे और अधपके मस्तिष्कों पर कब्जा करने पर उतारू दिखती है। एक कौम की दूसरी कौम के खिलाफ, एक धर्म की दूसरे धर्म के खिलाफ और एक संस्कृति की दूसरी संस्कृति के खिलाफ लामबन्दी, इस मुहिम का पैना हथियार है।

अगर यह तथ्य है कि, आज हम अपनी तुलना एक समय की क्रूर, बर्बर, कबीलाई और खानाबदोश संस्कृति से करते हैं, जिनके लिए कत्लेआम एक जश्न था और दुश्मनों के सर, सरे राह लटका देना एक मनोरंजन। तो एक बेहद जरूरी सवाल यह भी उठना चाहिए कि, हमें इस बर्बरता और जीवन के प्रति नकारात्मकता के खिलाफ लड़ने के लिए अपने हथियारों की तलाश करनी चाहिए, या कि हमें उनसे लड़ने के लिए वही हो जाना चाहिए, जो कि वे खुद थे? और जो कि हम नहीं थे?

और लड़ना भी क्यों?

इसलिए कि, हम तब नहीं लड़ सके थे?

इसलिए कि, हम अपनी औरतों की इज्जत गँवाकर, घास की रोटियाँ खाकर, अपना धर्म बदलकर, अपनी लड़कियाँ उन्हें ब्याह कर, स्त्रियों को जौहर की ज्वालाओं में झोंककर, अपने बच्चों के सर भालों की नोक पर टँगे देखकर, जजिया अदा करके भी हम जैसे-तैसे जिन्दा रह गए थे?

इतिहास की अनवरत यात्रा में आदमी मरते हैं, औरतें मरती हैं, बच्चे मरते हैं। नस्लें नहीं मरतीं, कौम नहीं मरती, विचार नहीं मरते। कुछ-न-कुछ तब्दीलियों के साथ इतिहास सदैव गतिमान रहता है।

और फिर एक समय ऐसा भी आता है, जब वायसराय की वर्दी, बैंड बाजेवाले पहनने लगते हैं। जब सर पर कलगी लगी हुई शाही पगड़ी पहनकर "महाराजा" किसी बड़े होटल के गेट पर दरबान बनकर खड़ा हो जाता है। जब "नेता जी" जैसा पवित्र, ऊर्जावान नाम, सुभाष बोस के नाम के साथ से हटकर, अपने ही अर्थ को भुरकुस होता देख, हास्य, व्यंग्य और मजाक की चीज बन जाता है।

और जब यह तब्दीलियाँ दिखती हैं तो, गोया खुद इतिहास अपनी ही विद्रुपताओं पर हँस रहा होता है।

लेकिन इधर हालिया तब्दीलियाँ, बड़ी गहरी, गोपनीय और खतरनाक खुसरफुसर से लबरेज हैं। वे हमें उत्तेजित करती हैं कि, हमें अपने "स्वाभिमान की रक्षा" के लिए एक मुहिम के लिए कमर कसकर कहीं के लिए रवाना होना है।

मार्टिन लूथर किंग ने कहा था कि, अगर तुम उड़ नहीं सकते तो दौड़ो, अगर तुम दौड़ नहीं सकते तो चलो, अगर तुम चल नहीं सकते तो रेंगो।

इस बीच एक मासूम सा प्रश्न उठता है कि, "...यह सब तो ठीक है भाई साहब! लेकिन यह तो बताइए कि जाना कहाँ है?"

एक अदृश्य, अश्रवणीय उत्तर वाया आकाशवाणी अवतरित होता है...

"भाड़ में! हमें इससे क्या मतलब? बस काम पर लगे रहो, और सवाल मत करो। खाली दिमाग शैतान का घर होता है। बेहतर होगा कि इस घर को बड़ी सावधानीपूर्वक डर, चेतावनी, और अस्मिता के संकटवाले भूसे से इतना जरूर भरे रहो, ताकि इसमें तुम्हारेवाले नहीं, हमारेवाले शैतान की जगह बची रहे।

बहरहाल...

"जाना कहाँ है?" यह एक अच्छा सवाल है। लेकिन याद रहे, कि पहला और आखिरी सवाल है। नई-नई भर्ती है अभी तुम्हारी। सवाल उठने लाजिमी हैं। लेकिन हमें इन्हीं सवालों के स्रोत ही तो खत्म करने हैं। अब आगे से कतई याद रहे, कि आदमी के व्यक्तिगत सवालों से हमें नफरत है। हम केवल इतिहास के सवालों पर गौर कर रहे हैं इस वक्त। वे सवाल, कतिपय कारणों से जो हमइतब नहीं पूछ पाए थे, और जो आज भी अनुत्तरित हैं।

इन कतिपय कारणों में से सबसे बड़ा कारण था, कि उस समय "हम" नहीं थे।

हम बोले तो, हम स्वयं!

"हम भारत के लोग" वाले हम नहीं।

हमारी एक कोड लैंग्वेज है। अब आ ही गए हो तो, दो-चार बैठकों में सीख जाओगे।

तो सुनो! हमें जाना है क्रमशः सोलहवीं शताब्दी से होते हुए, पन्द्रहवीं, चौदहवीं, तेरहवीं, बारहवीं और ग्यारहवीं शताब्दी में। वाया टाइम मशीन,

जिसे हमने ईजाद किया है। उसके बटन भी समय-समय पर हम ही दबाएंगे।

चिहुँककर बैठने की जरूरत नहीं है। बस अपना मोबाइल हाथ में लिए रहिए। सारा लिटरेचर हम घर बैठे उपलब्ध कराएंगे आपको। आप तो बस अपने बिस्तर पर तकिया लगाकर, अधलेटे रहिए, और कालयात्रा करने को तैयार रहिए। मस्तिष्क को एकदम ढीला छोड़ दीजिए। अपने कथित निजी, उदार, सेक्युलर, मानवतावादी, प्रगतिगामी और वसुधैव कुटुम्बकम टाइप के विचार खुरचकर फेंक दीजिए, ताकि हमारे आदेशों और निर्देशों के लिए पर्याप्त जगह निकल आए। अब हमारे नए इतिहास, भूगोल, आचार, विचार, सोच और आक्रोश को ग्रहण करने की जगह बनाइए।

कित्ता भी समझाओ! सवाल उठते ही हैं बीच-बीच। नई भर्तीवालों के जेहन में।

"ये सब काहे को? इतनी भड़भड़ क्यों है? कुछ होनेवाला है क्या?

अरे महराज! समझ नहीं पा रहे हो? एंड्रायड फोन नहीं रखते? ह्वाट्स अप, फेसबुक नहीं चलाते क्या?

आपात्काल है यह!

अस्मिता संकट में है। धर्म ध्वजा चरचरा रही है। आत्म गौरव, आत्मबोध, स्वाभिमान, राष्ट्रबोध, जैसे बड़े-बड़े शब्द चिग्घाड़ रहे हैं। बहरे हो गए हैं आप? पूर्वजों की आत्माएँ भटक रही हैं, कौम दरक रही है, विधर्मी मजबूत हो रहे हैं। पूरे राष्ट्र (हमारेवाले) की घिघ्घी बँधी हुई है।

अब आपके रोमकेश कुछ खड़े हुए या नहीं?

ये आसन्न संकट भी अगर आपको, आपके सामान्य जीवन के पथ से विचलित न कर सके हों, तो अभी और भी सम्भावित संकटों की खोज जारी है। आपको क्या लगता है कि हम हाथ पर हाथ धरे बैठे हैं? हमारे लड़के अहर्निश इसी काम में लगे हुए हैं। जो जितना बड़ा संकट खोजकर लाता है, हम उसे उसी अनुपात में इन्सेंटिव देते हैं भाई साहब!

तो अब अगला टास्क यह है कि,

"उस मोड़ से शुरू करें..."

अर्थात् ठीक वहीं से, जहाँ हम पराजित हुए थे। जहाँ हमारे आत्मसम्मान को गहरा धक्का लगा था। जहाँ हमें "पहाड़ी चूहे" की तरह पिंजरे में कैद किया गया था। जहाँ हमारे सोमनाथ का दरवाजा तोडकर, उसे इबादतगाह की सीढ़ी बनाया गया था।

"शैतान से लड़ने के लिए, शैतान होना पड़ता है!" यह पहला सबक है। आप होना चाहें, या न होना चाहें, यह मैटर नहीं करता। हमारी एनालिसिस कहती है कि, आप पक्का हो जाएंगे। अनायास, अनिच्छापूर्वक ही सही। तभी तो आप उसी तरह, उन्हीं लोगों से मुकाबला कर पाएंगे?

और तब, मैं और तुम का भेद मिट जाएगा। हम सब एकाकार हो जाएंगे। हममें और तुममे कोई फर्क नहीं रह जाएगा। हम सब मिलकर एक नया रक्तरंजित इतिहास लिखेंगे।

तो फिर तय रहा। आइए तैयारी करें, और इस युद्धगान के साथ आगे बढ़ें...

"तन गई दो मजहबों में, फिर चलो तैयार हो लो
खंजरों की धार में से, वह पुराना लहू धो लो
ये भी वाइज है, इसे भी खत्म कर दो
हमको समझाता है, यारो खून की होली न खेलो?

बहसबाज

किसी भी प्रकार की खुजली, खुजलाने में तभी परमानन्द प्रदान करती है, जबकि खुजली वास्तव में हो रही हो। दूसरों की खुजली देखकर, खुद खुजलाने लगना, न तो कोई अच्छी बात है और न ही यह मजा देने में सक्षम है।

मान लीजिए कि, शाम ढले एक बहस शुरू होती है। ज्यादातर अच्छी और सच्ची बहसें शाम ढले ही शुरू होती हैं, इसमें अलग से खीसें निपोरनेवाली कोई बात नहीं है।

तो, बहस शुरू होती है पश्चिमी एशियाई देशों की भारत के साथ सम्बन्धों की। दो सज्जनों के मध्य, जो कि इस विषय पर खासा दखल रखते जान पड़ते हैं, और ये सम्बन्ध होने चाहिए, नहीं होने चाहिए, कैसे होने चाहिए, क्यों होने चाहिए, आदि प्रश्नों पर एक व्यापक और निरर्थक बहस जारी है।

"भउजी के अवैध सम्बन्ध हैं!" अस्वाभाविक रूप से लाल आँखोंवाला एक चेहरा सर उठाता है।

"आप चुप रहिए! यहाँ बात अन्तर्राष्ट्रीय सम्बन्धों की हो रही है।" एक बौद्धिक स्वर , उस चेहरे को टोकता है।

"हाँ...हाँ...! पश्चिम की बात हो रही है न? हमारे घर के ठीक पश्चिम में लमकी भउजी का घर है। उसके सामने ठिंगू भाई का घर है। दोनों में कुछ चक्कर है, हमको पता है।" लाल आँखें बताती हैं।

इस चर्चा के साथ ही तत्काल मौके पर ही, एक्सिस और नॉन एक्सिस, दो ध्रुव बन जाते हैं। एक ध्रुव का मानना है कि लमकी भउजी कभी भी ठिंगू भइया के साथ चक्कर नहीं चला सकती। जबकि दूसरे ध्रुव का कहना है कि भारत के पश्चिम एशिया के साथ सम्बन्ध अच्छे हैं, और वे भारत को हमेशा सम्मान की निगाह से देखते हैं।

"एकदम गलत बात! ठिंगू भइया की निगाहें कामुक हैं। हमने खुद अपनी छत से कई बार देखा है।" लाल आँखों ने दावा किया है और अपने समर्थन में मिचमिची आँखोंवाले एक दढ़ियल का समर्थन पा लिया है।

"चूतिया हैं आप! कहिए हाँ...!!" पश्चिम एशियाई देशों के एक समर्थक ने निर्देश दिया है।

"चूतिया तो आप हैं, जिसे मुहल्लेदारी का कुछ पता नहीं है। खुद साले नेपाल बने बैठे हैं और बात भूटान की कर रहे हैं।" लाल आँखें और लाल होने को तत्पर हैं।

"भूटान की बात कहाँ से आ गई?"

"यही तो हम भी जानना चाहते हैं कि भूटान की बात क्यों नहीं कर रहे आप? क्योंकि आप भूटान से डरते हैं। आपकी माँ ने दूध पिलाया हो तो चलिए केन्द्र सरकार की बात करें? क्या लगता है आपको, कि सरकार दुबारा आएगी?"

बौद्धिक बिजूका जानता है कि, यह लाल आँखों का प्रिय विषय है। अगर इस तरफ फटके भी, तो लिथाड़-लिथाड़ कर मारेगा वह।

अब शाम बिलबिलाकर, रात होना चाहती है। लेकिन उसका एक छोर, इन बौद्धिक बहसबाजों ने पकड़ रखा है। शाम छटपटा रही है।

"मैं तो कहता हूँ कि भारत को अमेरिका पर हमला कर देना चाहिए!" एक हाथ अभी-अभी प्लेट की ओर बढ़ा है और पुराने तेल की महकवाली मसूर दाल की नमकीन की गरदन पकड़ ली है।

"कहे को? खंड़िया-खुरपी कराने के लिए?" दूसरे का विवेक अभी जागृत है।

"नहीं बे! हम हारें चाहे जीतें...दोनों तरह से फायदा हमारा है।" एक असभ्य आवाज के साथ नमकीन दरदराते हुए प्रस्तावक ने बताया है। उक्त के बाद चुप हो जाना उसकी स्ट्रैटिजी है। वह जानता है कि अब कोई-न-कोई, यह केन्द्रीय प्रश्न जरूर करेगा कि..."कैसे?"

युद्ध के प्रस्तावक का अन्दाजा सटीक था।

प्रश्न न केवल उठा, बल्कि धम्म से बहस के बीच जा गिरा।

"अइसा है... कि अगर भारत जीत गया तो हम अमेरिका को अपने में मिला लेंगे। अपने पास भी एक बढ़िया सा अमेरिका हो जाएगा। मौज-

ही-मौज है फिर तो।" प्रस्तावक ने उत्साहपूर्वक बताया है।

"और अगर हार गए तो?" संशय की एक सिसकारी, पूरे माहौल में तैर गई।

"हार गए तो अमेरिका हमें मिला लेगा। हम खुदै अमेरिका हो जाएंगे। फिर वहीं पहुँचकर बनाएंगे लिट्टी-चोखा। कइसा रहेगा?" प्रस्तावक की आँखें चमक गई हैं।

"मार सारे का...!" एक बुद्धिजीवी ने स्वगत कहा है। किसको मारना है, और कौन मारेगा, अभी यह तय नहीं है। इस ललकार के मालिक का कोई स्पष्ट एजेंडा भी नहीं है इसके पीछे। उसका निहित प्रयोजन महज इतना है कि मार होनी चाहिए अब।

उसके पीछे दर्शन यह है कि, जिस प्रकार प्रेम स्पर्श माँगता है, और भावनाओं का ज्वार, तुरन्त चूमा चाटी की माँग करता है, उसी प्रकार वाकयुद्ध भी परिपक्व होते होते, भौतिक और दैहिक स्पर्श की माँग कर बैठता है।

प्रस्तावक की पीठ पर एक अदृश्य धौल पड़ती है और बहस जो है वह फिजिकल हो जाती है।

लगभग सभी को अपने-अपने तरीके से, एक-दूसरे के परिवार की महिला सदस्यों की बड़ी शिद्दत से याद आने लगी है।

यह बहस का अन्त नहीं है। यह धारावाहिक बहस फिर कल शाम को यहीं से प्रारम्भ होगी।

शाम इस आपाधापी में किसी तरह छूट पाई है और मौका मिलते ही रात की चादर ओढ़कर खिसक चुकी है।

हम भारत के लोग

सर्दियों के सिहरन भरे मौसम में, जब चुनाव की बयार शामिल हो जाए तो बड़ा गजब का मिश्रित मौसम निकलता है। कम्बलों की भरमार हो जाती है, चौराहों पर अलाव धधक उठते हैं। प्रत्याशीगण इस गुलाबी सर्दी में भी पसीना छोड़ रहे होते हैं और आमजन इनके गुड़ जैसे मीठे शब्दों की चाशनी में संक्रान्ति मना रहा होता है। कहने की बात नहीं है कि, इन दिनों जित्ता तेल ये अपने खीसे में लेकर चलते हैं, उत्ते में सबकी "तेलइयाँ" साथ में मन जाएं।

गोया, सब मिला-जुलाके उत्सव का सा माहौल है और अनेक बाँछें एक साथ खिली हुई हैं। "इनकी" मजबूरी में, और "उनकी" इनको देख-देख के।

क्या है कि, जम्बू द्वीप का हमारावाला हिस्सा, पुरातन काल से ही उत्सवधर्मी रहा है। कठिन परिस्थितियों में भी जैसे-तैसे जी लेनेवाला आदमी, इन्हीं उत्सवों के सहारे ही अपना पूरा जीवन काटता देखा गया है।

हम मूलतः उत्सवधर्मी हैं, क्योंकि हमारे पूर्वज भी उत्सवधर्मी थे।

जलती चिताओं पर आग की धधकती ज्वालाओं के बीच, सुकुमार सुहागिनों की चीत्कार पर ढोल-नगाड़े पीटनेवाली कौम, दुनिया में सिर्फ हम ही हो सकते हैं।

ज्ञान की बात किसी विशिष्ट प्रजाति के कानों में पड़ जाने मात्र से, उन कानों में पिघला हुआ सीसा उँड़ेल देनेवालों के वंशज हैं हम।

हल्के में मत लीजिएगा हमें।

हम हर तरह के नशे के मादक प्यालों के नीचे धर्म, दर्शन, अध्यात्म, और तान्त्रिक क्रियाओं का पीढ़ा रखकर, पीनेवाले लोग हैं, जिनके होठों

पर दहकती हुई चिलमें भी बम-बम का हर्षनाद करती हैं।

किसी भी गम्भीर-से-गम्भीर मसले पर हम पूरी जिन्दादिली के साथ हँस सकते हैं। किसी के फिसलकर गिर पड़ने पर भी हम ठहाका लगाकर हँस सकते हैं।

ऐसी है हमारी मजाक पसन्दगी।

हम उत्सवधर्मी लोग हैं, जैसा कि मैंने बताया। और तो और, हम तो अपनों के मर जाने पर भी उत्सव करते हैं, भोज देते हैं, और इस पर बाकायादा गम्भीर बहस पर उतारू हो सकते हैं कि, सब्जी में नमक कम था, कोंहड़े की सब्जी तो होनी ही चाहिए थी, और अब आजकल मीठे में बूँदी कौन देता है यार? अब तो रसगुल्ले का जमाना है, और रही बात पूड़ियों की, तो देसी घी की बताकर, रिफाइंड पेल रहे हो?

अब ऐसे में भी, सलाम न हो, तो क्या हो भला, हमारी उत्सवधर्मिता को?

खैर आगे बढ़ते हैं...यह तो प्रस्तावना मात्र थी, जहाँ तक आते-आते ही आपकी भौंहों पर बल पड़ गए।

हम भारत के लोग, भारत की सबसे पवित्र किताब के पहले पन्ने पर बैठे, वह लोग हैं जो किसी की भी खाली कॉपी देखकर, उस पर कुछ भी गोंचने का मन करते हैं। भले ही हमारी अपनी कॉपी एकदम्मे से खाली हो। हमारा सम्पूर्ण ज्ञान, न सहज प्रत्ययों में पहले ही उफला रहा है, जो कि जन्मजात हैं।

प्रसिद्ध दार्शनिक जॉन लाक ने पहले ही बता दिया था, कि आदमी जब पैदा होता है तो उसका मस्तिष्क एक खाली स्लेट की भाँति होता है, जिसमें कालान्तर में वह शनै:-शनै: अपने प्राप्त और संचित अनुभवों के आधार पर ज्ञान की लुगदी तैयार करते हुए अपनी स्लेट को भरता है।

लेकिन एक छोटे से नवजात बालक को हम इत्ता टाइम क्यों दें, कि वह कछुए की चाल से रेंगते-रेंगते जिन्दगी भर अपनी स्लेट ही भरता रहे? इत्तै

काम है क्या उसके पास? मतलब, पहिले बिचारा अनुभव अर्जित करे, फिर अपनी स्लेट भरे, ज्ञान संचित करे, और फिर जाके चार चूतियों के सामने यही ज्ञान बूँके? हद्द है!

अतएव, बच्चा पैदा हुआ नहीं कि सबसे पहले हम झपट्टा मारकर कर उसकी स्लेट पर कब्जा करते हैं। अपनी चाक से, हम उसके मुखपृष्ठ पर बड़े-बड़े अक्षरों में एक प्रारूप बनाते हैं, और उसे भरते हैं। कमोबेश यह प्रारूप निम्नवत् है -

नाम - कुछ भी

धर्म - जो हम लिख दें

जाति - वही, जो तुम्हारे बाप की है

जीवन का उद्देश्य - वही, जो हम खुद हासिल नहीं कर पाए, लेकिन हमको पता है कि कैसे हासिल करते हैं, सो हम बताएंगे बाद में। डैश डैश...थोड़ा सा रिक्त स्थान।

ज्ञान - वही, जो हम तुम्हें देंगे। हमारे पास पहिले से ही है सब।

फिर शुरू होती है छीना-झपटी।

माँ कहती है कि, हम भरेंगे बाकी की स्लेट। बाबा, दादा, चाचा, ताऊ, बड़ी अम्माँ सब कुकुरहाव पर उतर आते हैं कि, हम भी लिखेंगे। एकाध पैरे का हक हमारा भी बनता है।

और तीन-चार साल बाद, जब तक हमारा यह लेखन उत्साह ढीला पड़ता है, तब तक जातक की स्लेट का "डमरू" बन चुका होता है। सो बचा-खुचा हिस्सा किसी स्कूल के मास्साब के हवाले करके हम निश्चिन्त हो जाते हैं। अब भरें, उन्हें जो भी भरना है।

जब यह स्लेट पूरी तरह भर जाती है, और इस बात की गुंजाइश पूर्णतः समाप्त हो चुकी होती है कि पट्ठा अब खुद भी अपनी स्लेट पर कोई नई गोंचा गाची कर सकता है, तदनन्तर विवाह नामक संस्कार पारित करने पर सहमति बनती है, और जातक की असहमति के बावजूद इसे पारित करते हुए, उसे किसी विपरीत लिंगी के गर्भाधान संस्कार को सम्पादित करने लिए छुट्टा छोड़ दिया जाता है।

यह दीगर बात है कि, विवाह होते ही, उसके जीवन में नव प्रवेशी लेखिका सबसे पहले इस गोंची हुई स्लेट में डस्टर फिराती है और नए सिरे से बिन्दुवार एक नया मैटर लिखती है। इसके बाद डस्टर छिपा दिया जाता है, और फिर स्लेट और चाक, दोनों ही दुखपूर्वक साथ-साथ रहने लगते हैं।

हम भारत के लोगों में एक बात बड़ी रोचक है कि, हम हर हाल में जी लेने की जिजीविषा से लैस होते हैं। सुख-दुख, प्रेम-घृणा, पुरवा बयार या मौसम की मार, हमें ज्यादा दिन तक प्रभावित नहीं कर पाती। हमारे पास जीवन के हर दोराहे-चौराहे के लिए शिक्षाप्रद क्षेपक, और हास्यप्रद दन्तकथाएँ अवश्य होती हैं, जिनकी सहायता से, हम कभी अन्धकार से प्रकाश की ओर, कभी प्रकाश से अन्धकार की ओर निकल भागने के लिए आतुर प्रतीत होते हैं।

हालाँकि हम जाते-वाते कहीं नहीं...।

दन्तकथाओं से याद आया। इनका हमारे जीवन में दोहरा प्रभाव है। ये कथाएँ कभी दाँत कुरेदते हुए, कभी दाँत चियारते हुए, और कभी दाँत पीसते हुए निःसृत होती हैं, और कभी-कभी इन्हें सुननेवाला खुद दाँत पीसने लगता है। इनके सहारे, कहनेवाला अपनी बात भी कह जाता है, और ठीकरा जो है, वह हमारे उस वांगमय के ऊपर फूटता है, जहाँ से वह दन्तकथा "चेंपित" होती है।

स्वयं को इस समस्त चराचर विश्व का स्वयम्भू गुरु मानना हमारा स्थापित संस्कार है।

हम बड़ी-बड़ी वैश्विक हलचलों से भी कभी हतप्रभ नहीं होते। नई दुनिया के नए-नए आविष्कार और चमत्कार भी हमें चमत्कृत नहीं करते भाई साहब!

जम्बू द्वीप के भारत खंडे के किसी धुर पिछड़े गाँव के एक खलिहान में, अपनी पुरानी रजाई से ढूँढ़ ढूँढ़कर चीलर मारते हुए किसी बुजुर्ग को अगर आप यह बताना चाहें कि, हवाई जहाज नाम की एक चीज

होती है, जो पक्षियों की तरह आसमान में उड़ सकता है, तो वह बिना एक भी चीलर को अभयदान दिए, अत्यन्त निस्पृह भाव से आपको बताएगा कि...

"चलत बिमान कोलाहल होई
जय रघुबीर कहत सब कोई ।"

इस प्रस्तावना के पश्चात्, वह बिना अपने काम में कोई बाधा दिए, आपको पुष्पक विमान की पूरी संरचना और कार्यपद्धति के सम्बन्ध में विस्तार से अवगत कराएगा। और जब वह पूरी तरह आश्वस्त हो चुकेगा, कि आपकी उसे ज्ञान बाँटने और हतप्रभ कर डालने की खुजली मिट चुकी है, तब जाकर वह आपको बख्श कर, कोई दूसरा काम अनवासेगा।

हमारी एक पूरी की पूरी पीढ़ी, अपने उफनाते हुए ज्ञान से खुद ही सराबोर है। आप उसे हतप्रभ करने का विचार त्याग ही दें तो बेहतर।

आप परखनली शिशु की बात करेंगे, तो उनके पास एक ही डिम्ब से सौ कौरव एक साथ उत्पन्न होने को तैयार बैठे हैं। और इस रासायनिक कवायद की भी क्या जरूरत? जब अग्नि, खीर, हवन, और मन्त्र से ही महापुरुषों के प्रादुर्भाव की सत्यकथाएँ उनके पास हैं।

आप बुलेटप्रूफ की बात करेंगे, तो उनके पास कर्ण का कवच कुंडल है।

आप दूरदर्शन की बात करेंगे, तो उनके ठीक बगल में बैठकर संजय, धृतराष्ट्र को कुरुक्षेत्र का आँखों देखा हाल बता रहा होगा।

आपने उन्हें परमाणु बम का भभका देना चाहा, तो आपको बताएंगे कि बर्बरीक के पास यह चीज महाभारत-काल में ही मौजूद थी, और कर्ण के पास जो अर्जुन के लिए आरक्षित शक्ति थी, वह ब्रह्मोस नामक मिसाइल का ही अति प्राच्य वर्जन थी।

मुख्तसर यह कि, हम भारत के लोग, सर्वगुण ज्ञान सम्पन्न, अलौकिक प्रजाति हैं जो पहले तो स्वर्ग से स्वच्छ, धवल, पवित्र गंगा को धरती पर लाते हैं, और बाद में उसी में गन्दे नाले गिराते हुए, लगे हाथ अपने भी पाप धो लेते हैं।

हम ज्ञान की पराकाष्ठा पर स्थित हैं, और आज के संसार में हो रहे नित नए परिवर्तनों को साक्षी भाव से घूरना ही हमारी क्रियाविधि है। हम गिलास में भरी हुई शराब की पहली बूँद को, कुछ बुदबुदाते हुए धरती पर छिड़क देते हैं, और यह हम दुनिया को कभी नहीं बताएंगे कि वह कौन सा मन्त्र है, जो इस दौरान हम बुदबुदाते हैं। उसे, उस वक्त केवल हमारी किडनी और लीवर ही सुन सकता है, और इसे ईश्वर की गलती कहें या लीवर और किडनी का दुर्भाग्य, कि इनके अलग से कोई कान नहीं होते।

इसी क्रम में, यह बताना समीचीन होगा कि, हमारे मुहल्ले के नुक्कड़ पर एक आदिम दुकान है, जिसमें केवल चाय ही मिलती है। मठरी, बिस्किट, नमकीन या चिप्स जैसा कोई भी सहयोगी पदार्थ इस दुकान में वर्ज्य है। इस दुकान के अधिष्ठाता, भारत की समस्त प्राच्य विद्याओं के जानकार, पंडित नयनसुख भारती जी बताते हैं कि, भारत जो था, वह पहले वृहत्तर भारत था, जो कि आजकल "बेहत्तर" भारत बन चुका है। आसपास के जिन इलाकों में हमारी बेटियाँ ब्याही जाती थीं, जहाँ से हमारी बहुएँ आती थीं, जहाँ कभी हमारे समधियाने हुआ करते थे, वे सब अब अलग देश बन चुके हैं, और इससे ज्यादा सरम की कोई बात नहीं हो सकती कि, गन्धार, स्यामदेश, सुमात्रा, आदि जो हमारे रिश्तेदार हुआ करते थे, सब अपना नाम बदल-बदलकर, हमसे बाहर चले गए।

पंडित नयनसुख जी, भारत के ऊपरी हिस्से को उत्तर भारत, और निचले हिस्से को दक्षिण भारत कहे जाने पर भी, अपनी दुकान की भट्ठी की भाँति ही गरम हो उठते हैं। उनका कहना है कि, भारत को जब आप उत्तर भारत और दक्षिण भारत में बाँटते हैं, तो ऐसा लगता है कि जैसे दो भारत हो गए हों।

उनकी दुकान में फालतू बैठकर, लन्तरानी हाँकने की बजाए, अगर आप एक कप चाय का आर्डर दे सकें, तो उनके निजी भगौने का उबाल थोड़ा कम होता है, और अपेक्षाकृत संयत भाव से समझाते हैं...

"कहना ही हो तो, उत्तरी भारत और दक्षिणी भारत कहो। नार्थ इंडिया और साउथ इंडिया नहीं होता महराज! नादर्न और सदर्न इंडिया होता है।"

अगर आपने उनकी बात का समर्थन कर दिया, तो उनका हाथ तत्क्षण ही चीनी के डिब्बे की ओर बढ़ जाता है, और आप पाते हैं कि आपके कप में, दूसरों से एक चम्मच चीनी अधिक है।

तो लब्बोलुआब यह ठहरा कि, हम भारत के लोग, और खुद हम लोगों का भारत भी, एक देशमात्र नहीं, अनेकों वृत्तियों और प्रवृत्तियों का एक समुच्चय है, जहाँ एक ओर ध्यान, ज्ञान और विज्ञान है, तो दूसरी ओर योगियों, साधकों, और तपस्वियों के साथ-साथ, अघोरियों, सटोरियों और लबारियों का जमघट भी है।

और अन्ततः समस्त ऊँचाइयों, गहराइयों, कोने कोतरे से निकलते हुए हुए भाँति-भाँति के प्रवाह, जाकर सागर की अतल गहराइयों में एक हो जाते हैं।

सोने मढ़ी चोंच

अपने निजी बचपन में हम लोग जो कहानियाँ सुनते थे, उनमें प्रायः एक सुन्दर राजकुमारी का जिक्र जरूर आता था। राजकुमारी, जिसके हँसने पर फूल झड़ते थे, और रोने पर मोती। चूँकि राजकुमारी का पिता, जोकि जाहिर है, एक राजा होता था और हमें बचपन से ही बताया गया था कि राजा के पास एक खजाना भी होता था। अगर ऐसा न होता तो, वह राजकुमारी को दिन-रात रुलाने पर ही आमादा रहता? क्योंकि फूलों का आदमी करेगा भी क्या, बनिस्बत मोतियों के।

लेकिन बावजूद इसके, सोने-चाँदी के महलों, शानदार कालीनों और रेशमी पर्दों से घिरी इस राजकुमारी का दैनिक जीवन काफी नीरस बताया जाता था। सुबह उठकर अँगड़ाई लेना, फिर सखियों के साथ किसी सुरक्षित झरने पर स्नान करना, गाहे-बगाहे महल के किसी उद्यान में जाकर लुका-छिपी खेलना, और नाना प्रकार के भोज्य पदार्थ उपलब्ध होते हुए भी भूख न लगना, सरदर्द करना इत्यादि, राजकुमारी की नियमित दिनचर्या होती थी। जाहिर है कि इस दिनचर्या से कोई भी ऊब जाएगा, सो राजकुमारी भी ऊब जाती थी।

राजकुमारी की उम्र में "ऊबना" एक स्वाभाविक गतिविधि थी। आदमी हो या राजकुमारी, लोग हमेशा फुरसत में ही ऊबते हैं। दूसरी बात यह कि, ऊबते हुए आदमी के पास आइडियाज बहुत आते हैं। राक्षसों और परियों की कल्पना फुरसत में ही की जा सकती है। यह संयोग ही था कि उन दिनों हम लोग भी पर्याप्त फुरसत में ही हुआ करते थे। हालाँकि दिन भर तो हमें ऊबने की फुरसत नहीं थी, लेकिन सूरज के छिप जाने और चाँद के निकल आने पर, हमारे लिए करने को कुछ बचता नहीं था, और उस फुरसत में हम भी ऊब लिया करते थे।

सम्भवत: हमारी इसी ऊब को खतम करने के लिए ही, हमें ये कहानियाँ सुनाई जाती थीं।

बहरहाल, यूँ तो औचक रूप से राजकुमारी के जीवन में किसी राजकुमार का आना, और राजकुमारी के सौन्दर्य पर दृष्टिपात करते हुए, उसके मूर्च्छित होने पर ही हम समझ जाते थे कि अब कहानी का उपसंहार करीब है। लेकिन राजकुमार के आगमन के पूर्व के वक्फे में, मन बहलाने के लिए राजकुमारी के पास एक तोते का होना, कहानी का जरूरी हिस्सा था।

यह जरूरी टाइप का जो तोता था, वह राजकुमारी का काफी मुँहलगा माना जाता था। वह मुँह भर-भरकर राजकुमारी के सौन्दर्य की प्रशंसा करता था, और बदले में दूध-रोटी, लाल या हरी मिर्च, और ऐसी ही अपनी पसन्द की दीगर चीजें हासिल करता था। राजकुमारी के पास रहनेवाले तोते, कई बार कमीनेपन की हद तक चतुर और बड़बोले होते थे, और बैठे-ठाले ही सात-आठ समन्दर पार के किसी-न-किसी हैंडसम राजकुमार की ऐवईं तारीफ करके, राजकुमारी को एकतरफा प्रेम में डाल देते थे।

प्रश्न यह उठता है कि, राजकुमारी के पास तोता ही क्यों होता था? गौरैया, कोयल, बगुला, चमगादड़, उल्लू, तीतर, बटेर या मुर्गा क्यों नहीं?

तो उत्तर यह ठहरा कि, उपर्युक्त सूची में से प्रथम दो पक्षी जो थे, वे स्त्रीलिंग थे। और स्त्रियों टाइप की बातें करने के लिए तो राजकुमारी के पास सखियों की पूरी फौज थी। रही बात शेष उदाहरणों की, तो इनमें से कुछ ऐसे थे, जो राजकुमारी के कभी अत्यधिक प्रसन्न हो जाने पर, छौंककर खा भी लिए जा सकते थे। लेकिन जो सबसे महत्त्वपूर्ण वजह थी, वह यह कि, इनमें से कोई भी मनुष्यों की भाषा नहीं बोल सकता था। तोता, चूँकि इस काम में निपुण होता था और उससे राजकुमारी को दिन भर उसकी फोहश और चूतियापे की बातों में पर्याप्त रस मिल सकता था। इसलिए चतुर कहानीकारों ने, तोते को ही राजकुमारी के टाइमपास का ब्रांड एम्बेस्डर बना रखा था।

राजकुमारी, जब कभी किसी कठिन टास्क को पूरा करने के लिए तोते को उत्साहित करती थी, तो वह प्रायः तोते को आश्वासन देती थी कि, "जा तोते, ऐसा करके आ। मैं तेरी चोंच सोने से मढ़वा दूँगी।"

यहाँ यह विचारणीय है कि, तोते की चोंच अगर सोने से मढ़वा भी दी जाए, तो उससे तोते को क्या मजा आना था? मने, अगर देखा जाए तो सोने से मढ़ी चोंच, तोते के लिए तकलीफदेह ही होती। आप किसी बच्चे से कहिए कि इनाम में तुम्हारे कान छिदवा देंगे, तुम्हारे दाँतों में सोना मढ़वा देंगे, तो वह क्यों प्रसन्न होने लगा भला? ये सारे ऊल-जुलूल काम बच्चे को क्या सुख देंगे?

अब यूँ तो तोता वही बोलता है, जो उससे बोलने के लिए कहा जाता है। अगर वह स्वयं विचार कर सकता, या अपने लिए स्वयं ही वाक्य सृजन कर सकता, तो वह क्या बोलता?

वह बोलता कि "हे राजकुमारी, ये चोंच मढ़ाने का बकवास आइडिया अपने पास ही रखिए। मेरी चोंच पर सोना मढ़ा हुआ देखकर आपको ही सुख मिलेगा, मुझे नहीं। मुझे तो बस लालमिर्ची, दूध-रोटी के साथ-साथ एक ठो तोती भी दिलवा दीजिए तो ज्यादा अच्छा रहेगा!"

यहाँ तोता जो है, वह तनिक भी दिग्भ्रमित नहीं है।

उसे पता है कि, जीवन-मूल्यों के अतिरिक्त और कोई भी मूल्य शाश्वत नहीं हैं। मूल्य या पुरस्कार के रूप में प्राप्त या प्रदत्त वस्तुएँ, अपने मूल्य में व्यक्ति सापेक्ष और आत्मगत हैं।

तोते के उक्त गम्भीर विचारों और गरिष्ठ भाषा से प्रभावित होकर, अगर आप उसके समक्ष नतमस्तक होने का मन बना रहे हों, तो थोड़ा धैर्य रखिए। जैसा कि बताया जा चुका है कि, तोता वही बोलता है जो उसे बताया जाता है। जाहिर है कि यहाँ भी, तोता वही सोच रहा है जो लेखक उससे चाहता है। तोता ट्रांसलेशन नहीं कर सकता, और न ही उसे ग्रामर का ज्ञान है। वह हमारे कहे हुए को दोहराता है, और इसीलिए वह, राजकुमारी के साथ-साथ हमें भी प्रिय है।

खैर!

भौतिक वस्तुओं का मूल्य और उनकी महत्ता, किस प्रकार आत्मगत है, इस पर एक क्षेपक मुलाहिजा कीजिए...

तो हुआ यूँ कि, प्राचीनकाल में एक बार राजधानी से सुदूर किसी अंचल में बसे, एक बेहद पिछड़े गाँव में राज्य के राजा का आगमन होना था। राजा की सवारी देखने के लिए गाँव के सारे स्त्री, पुरुष और बच्चे अपने-अपने घरों के सामने खड़े थे। न केवल राजा की सवारी, उसके साथ चलनेवाला ताम-झाम, बल्कि खुद राजा भी उनके लिए कुतूहल का विषय था।

थोड़ी देर बाद, गाजे बाजे के साथ राजा का स्वर्णरथ गाँव से गुजरा। रथ के घोड़ों के खुर तक स्वर्ण जटित थे। रथ के छत्र पर ठोस सोने की परत थी। राजा का मुकुट भी सोने, हीरों और जवाहरातों से जगमगा रहा था।

"देख रहे हैं? कित्ता सोना मढ़ा है रथ में? हर चीज सोने की है। ऐसा लगता है कि पूरा रथ ही सोने से बना है!" एक स्त्री अपने पति के कान में खुसफुसाई।

स्त्रियों का अपने पति के कान में खुसफुसाना सदैव अर्थवान् होता है। यह दीगर बात है कि, पति उसका अर्थग्रहण कर पाने में समर्थ न हो, या फिर वह इतना चतुर हो कि, अर्थ समझ पाने से साफ-साफ इन्कार कर दे।

बहरहाल, भावविह्नल होते हुए, पति ने पत्नी को यों समझाया...

"अरे पगली! वे राजा हैं। सोना-चाँदी, हीरे-जवाहरात तो छोड़ो, वे चाहें तो पूरा रथ गुड़-ही-गुड़ से बनवा सकते हैं। उनका मन हो तो रथ के पहिए तक, वे गेहूँ की रोटी से बनवा सकते हैं। उनके पास किसी चीज की कमी है क्या? इनके तो घोड़े भी मट्ठा, गुड़ और चावल का भोग लगाते होंगे!"

और जैसा कि स्वाभाविक था, स्त्री अपने पति के ज्ञान से हतप्रभ होते हुए घर के अन्दर चली गई।

तो कहने का तात्पर्य यह ठहरा कि, चोंच सोने की हो या चाँदी की, अगर रहना पिंजरे में ही है तो क्या फर्क पड़ता है?

और पिंजरा भी कैसा? धातु का नहीं, दूध-रोटी और लालमिर्च का। इसी स्वाद ने ही तो तोते को बाँध रखा होता था। बाहर निकल भी जाए, तो क्या गारंटी कि ऐसी दूसरी राजकुमारी मिल ही जाए? जब बैठे-बैठे ही पेट भर रहा हो, तो महल की मुँडेर तक जाकर भी, वापस पिंजरे के खुले दरवाजे में स्वेच्छा से प्रवेश कर जाना लाजिमी बनता है।

कोई कह भी गया है कि,
"जैसे उड़ि जहाज को पंछी
पुनि जहाज पर आवे "

लेकिन एक बात उन कहानियों से इस यथार्थ तक अपरिवर्तनीय है। वह यह कि, राजकुमार की एंट्री के बाद तोता जो था, वह कहानी से गायब हो जाता था। हो सकता है कि वह तोता ही राजकुमार बन जाता रहा हो, या फिर राजकुमार जो था, वही अन्त में तोते में तब्दील हो जाता रहा हो? कहानी खत्म होते-होते हमारी नींद हम पर चढ़ बैठती थी, और राजकुमारी का तोता जो था, वह हमारे सपने में गाता हुआ रात भर तंग करता था...

"हो तुमको जो पसन्द
वही बात कहेंगे
तुम दिन को अगर रात कहो
रात कहेंगे! "

मन्दिर खुल गए हैं

सुने हैं कि मन्दिर खुल गए हैं?

लेकिन जे तो पुरानी खबर ठहरी। मन्दिर तो जाने कबके खुल चुके। और घंटे भी बज गए थे?

इधर राक्षसराज श्री कोविद-19 जो हैं, वह बीस होते हुए, इक्कीस तक गतिमान हैं और अभी भी प्रसारमय हैं।

"ज्यों-ज्यों सुरसा बदन पसारा!"

यह कोई हम नहीं कह रहे हैं, लेखक की बात है। तुलसीदास जी बताते हैं कि त्रेता युग में भी हनुमान को इस प्रसार के आगे "छोटा" होना पड़ा था। हनुमान जी ठहरे विनम्रता की प्रतिमूर्ति। और फ्लेक्जिबिलटी तो उनकी विशेषता थी। बात-बात पर छोटे हो जाते थे, और कहीं क्रोध में आ गए तो विशाल रूप धर लेते थे।

"सूक्ष्म रूप धरि सियहिं देखावा!"

चाहे सुरसा हों, चाहे सीता जी, हनुमान जी महिलाओं के समक्ष हमेशा सूक्ष्म हो जाते थे। खुद तुलसीदासजी अपनी ही स्त्री के रौद्र रूप से घबराकर बगटुट भाग लिए थे और सीधे जाकर बनारस के अस्सी घाट में गिरे थे।

"छोटा" हो जाना कोई हेठी की बात नहीं है।

अस्तु, इसे भी एक प्रकार की रणनीति ही मानना चाहिए कि, इस सुरसा प्रसार की वजह से कलयुग में फिर एक बार भगवान् को अपने पट बन्द करके, विश्राम करना पड़ा। इस राक्षस के स्पर्श का डर सब को था, इसलिए किसी ने किसी को कोई दोष नहीं दिया। मनुष्य और भगवान्, दोनों ही एक समान धरातल पर स्थित होकर "हाइपरनेशन" में चले गए, ताकि इस राक्षस का आतंक समाप्त हो, और सृष्टि को इससे मुक्ति मिले।

लेकिन यहाँ हम उन मन्दिरों की बात कर ही नहीं रहे।

हम तो बात कर रहे हैं अपने विद्या मन्दिरों की। काफी पशोपेश और जद्दोजहद के बाद आखिरकार अब जाकर विद्या मन्दिर खुले हैं, और अभिभावकगण जो हैं, वे अब घंटे की भाँति बजने की तैयारी में हैं।

अभी कुछ दिन पहले ही एक मन्दिर के महन्त भुनभुना रहे थे कि, "मॉल खुल गए, सिनेमा चालू हो गया, पिज्जा-बर्गरादि भी दम से भक्षित किए जा रहे हैंगे! लोग अपने लाड़लों को पार्क, सिनेमा, चिड़ियाघर और हिल स्टेशन भी भ्रमण कराने लगे। तो क्या राक्षसराज कोविद को केवल हमारे शिक्षा मन्दिर ही इतने प्रिय हैं कि, आपने-अपने बच्चों को विद्यालय भेजा नहीं कि, राक्षसराज चढ़ बैठेंगे? इत्ता तो पढ़ने लिखने का आसक्त भी नहीं लगता यह सूक्ष्म जीव, कि बस क्लास रूम में ही छिपकर बैठा हो? "

महन्त जी का यह-भुनभुनोऽवाच उनके अन्दर से प्रस्फुटित हो रहा था।

वस्तुतः देखा जाए तो यह सजीव और निर्जीव के बीच की कड़ी, अति सूक्ष्म कोविडानन्द इतना अनुशासित प्रतीत होता है कि सरकार जित्ते बजे से जित्ते बजे तक कर्फ्यू लगा दे, बस उत्ते बजे ही भ्रमण पर निकलता है। सुबह का पाँच बजा नहीं, कि महोदय अपने बिल में यह जा, वह जा। इसी प्रकार अगर यह नियत हो गया कि एक जगह सो से ज्यादा लोग इकट्ठे नहीं होंगे, तो यह अनुशासित प्राणी उस एक सौ एकवें प्राणी की ही प्रतीक्षा में रहता है, कि वह कब आए, और कब उसे धर लें। राजनीति से इसे इतनी घृणा है कि रैलियों की ओर फटकता भी नहीं।

"तो आप ही बताइए जरा? कि ऐसे अनुशासित और संयमित कीड़े के डर से, जो कि ठीक से कीड़े की परिभाषा में नहीं आता, आप अपने बच्चों को स्कूल नहीं भेज रहे? ऐसी कायरता? और उधर डेंगू का मच्छर घर बैठे खेल कर रहा है, उसका कुछ नहीं? नाना कह गए हैं कि एक मच्छर आदमी को हिजड़ा बना देता है। यहाँ तो सैकड़ों की संख्या में घूम रहे हैं? आप सरकार को छोडिए, कम-से-कम गार्जियन्स को तो सोचना चाहिए कि, हम भले ही नेट के माध्यम से आपके बच्चों को ऑनलाइन ज्ञान गंगा प्रवाहित किए पड़े हों, लेकिन यह अत्यन्त कष्टकर है कि न तो हम अपने मन्दिरों की घंटी बजा पा रहे हैं, और न ही आप लोगों का घंटा। यह तो सरासर अन्याय है?"

"क्या वाकई आप नई पीढ़ी के शैक्षिक भविष्य के लिए इतने चिन्तातुर हैं? धन्य हैं आप!"

हमने "महन्त जी" को अभिभूत होकर प्रणाम किया।

"क्या जजमान! अब हमारे जले पर नमक न छिड़किए आप। शिक्षकों, चालकों और ग्राउंड स्टाफ का वेतन देते-देते बधिया बैठी जा रही है हमाई। इन्वेस्टमेंट की किस्तें अपनी जेब से भर रहे हैं, सो अलग। अब "..." का घाव किसको दिखाएँ? कोई देखेगा भी क्यों?" वे अत्यन्त सात्विकतापूर्वक कराहे।

"लेकिन फीस तो आप ले ही रहे हैं? मार तो पड़ी है हम पर, जो बच्चों के एंड्रायड फोन, लैपटॉप की किस्तों के साथ-साथ वाईफाई का बिल भी भरे जा रहे हैं!" कराह हमारी भी उतनी ही सात्विक थी।

"फीस देके कोई अहसान कर रहे हैं हम पर? क्या होता है फीस से? न तो डोनेशन ले पा रहे हैं, न बिल्डिंग फंड। न तो बस का किराया दे रहे हैं आप लोग? स्कूल के कुछ फंक्शन हो जाते थे बीच-बीच में। कभी पन्द्रह अगस्त, कभी छब्बीस जनवरी, कभी डान्स कम्पटीशन तो कभी फैन्सी ड्रेस कम्पटीशन जैसे एक्स्ट्रा कैरीकुलर एक्टिविटीज...। चार पैसे झटक लेते थे, सो वह भी सब बन्द हैं। जिसको देखो, वही कोर्ट भागा जा रहा है, कि हम लोग लूट रहे हैं आप लोगों को? शरम नहीं आती आपको?"

महन्तजी की कराह, अब टीस में बदल रही थी।

उन्होंने अधिकतम सम्भव वितृष्णा से हमें देखा, जैसे हमारे चेहरे की शरम तौल रहे हों।

देखा जाए तो, उनकी छटपटाहट भी बेजा नहीं थी।

उनका करोड़ों रुपये का निवेश चिग्घाड़ें मार रहा है। उनके वाहन, और वाहन इंचार्ज, दोनों यार्ड में डम्प पड़े हैं। वह तो टीचर लोग ऊपर शर्ट पहनकर, टाई लगाकर, और नीचे लुंगी या हाफ पैंट पहन कर, लैपटाप की स्क्रीन पर मुस्कुराते हुए, "कम्पनी और क्लाइन्ट" का पवित्र सम्बन्ध बरकरार रखे हुए हैं। अन्यथा तो लोगों को भूल ही जाना था कि, गुरु दक्षिणा

भी कोई चीज होती है, जिसमें बच्चे का अंगूठा नहीं, गार्जियन की सेलरी कटतीं है, वह भी हर महीने।

अभी पिछले दिनों, एक अत्यन्त शिक्षाप्रद क्षेपक, ह्वाट्स अप यूनिवर्सिटी के सेलेबस से तैरता हुआ निकला। क्षेपक समीचीन है, और पठनीय भी। सो मुलाहिजा फरमाएं...

"तो हुआ यूँ कि, एक बालक अपने पिता के साथ "पीजा" नामक खाद्य पदार्थ खाने की अभिलाषा लेकर बाजार गया (नाम से दिग्भ्रमित न हों। यह अपने नाम के अनुरूप पेय पदार्थ न होकर एक खाद्य पदार्थ ही है। इसको खानेवाले, इसमें व्याकरण की बजाए, कैप्सिकम, मशरूम और "चीज" की प्रचुर मात्रा ढूँढ़ते हैं)। पीजा खाकर, तृप्त भाव से वह सड़क के किनारे खड़ा हुआ, सब्जी लेते हुए पिता की प्रतीक्षा ही कर रहा था कि, उसकी दृष्टि सड़क के उस पार एक खँडहरनुमा भवन पर जा टिकी। बालक उसे सम्मोहित सी अवस्था में अपलक देखता रहा। पुनर्जन्म की अवधारणा से कोई खास परिचय न होते हुए भी, पता नहीं क्यों, बालक को लग रहा था कि जैसे इस बिल्डिंग से उसका जन्म-जन्मान्तर का सम्बन्ध हो।

वह एकटक उस भवन को निहारता हुआ, अतीत के गहरे समन्दर में उतरकर कालयात्रा हेतु प्रयासरत था। ठीक उसी समय, पिता ने उसके कन्धे पर हाथ रखा, और स्नेहसिक्त स्वर में पूछा...

"क्या देख रहे हो पुत्र?"

"वह सामनेवाली बिल्डिंग देख रहे हैं पिता जी?" बालक ने मुँह से पीजा की डकार निःसृत करते हुए, वातावरण के वायु प्रदूषण में अपना तुच्छ योगदान अर्पित करते हुए कहाँ

"देख रहा हूँ पुत्र!" पिता ने स्वीकार किया।

"पिता जी, पता नहीं उस बिल्डिंग को देखकर मुझे ऐसा क्यों लग रहा है जैसे मैं इसे पहचानता हूँ। मैं इसके हर कमरे, दरवाजे और खिड़कियों से परिचित हूँ। यहाँ तक कि, इसके अन्दर बने हुए शौचालयों के अमोनिया की महक भी जैसे मेरे जेहन में तैर रही है। जरूर इस भवन और इसके सम्पूर्ण क्षेत्रफल से मेरा पूर्वजन्म का कोई सम्बन्ध है पिता जी!"

बालक ने जैसे किसी अदृश्य सम्मोहन में डूबे हुए, आध्यात्मिक मुद्रा में अपने उद्गार प्रकट किए।

पिता ने एक क्षण के लिए बालक के चेहरे पर दृष्टिपात किया, और भावविभोर होते हुए, दाँत पीसकर, बालक के पृष्ठ भाग पर एक तीव्र पद प्रहार करते हुए अवगत कराया...

"यह तेरा स्कूल है कमीने! जो दो साल से बन्द है।"

बालक को तत्काल से भी पूर्व, आत्मज्ञान प्राप्त हुआ, और वह शान्तिपूर्वक, पिता के साथ स्कूटी पर बैठकर घर की ओर चल पड़ा।"

बहरहाल!

अब ये विद्या मन्दिर खुल गए हैं। परिसर में झाड़ू फिरते ही, मन्दिरों के सफाईकार, दाई, क्लासरूम, कुर्सी, मेज, और ब्लैकबोर्ड के साथ-साथ, मन्दिरों के महन्तों के भी दिन फिरने को तत्पर हैं। उधर इन मन्दिरों से सम्बद्ध ड्रेस, जूते, किताबों, कापियों की दुकानें भी, जम्हाई लेते हुए मुँह की भाँति खुल पड़ने को लालायित हैं।

गौर-तलब है कि, जम्हाई नामक प्रक्रिया का भी बाकायदा एक जैव वैज्ञानिक आधार है। और वह यह है कि, जब शरीर में ऑक्सीजन की मात्रा न्यून हो जाती है, तो शरीर जो है, वह एक ही बार में सम्पूर्ण जगत् की ऑक्सीजन को एक ही साथ उदरस्थ करने को उत्सुक हो उठता है, और इस प्रत्याशा में मुँह का आकार अप्रत्याशित रूप से बड़ा हो उठता है। जैसे त्रेता में सुरसा का हुआ था।

तो अब, जबकि मन्दिर खुल गए हैं, देखिएगा कि कई चीजें एक साथ खुलेंगी। मन्दिरों के पट, अभिभावकों की जेब, बच्चों की किताबें, और महन्तों के मुँह भी।

और जैसा कि बच्चों के बाप, साफ-साफ देख पा रहे हैं कि वे खुद को घंटे की तरह बजने के लिए तैयार कर रहे हैं, जबकि उधर "महन्त जी" लोग अपने-अपने मुँह को सुरसा की भाँति विस्तीर्ण करने की प्रैक्टिस में मुब्तला हैं।

छलकत जाए ज्ञान घट

अब आज जाके, डगरूआ की चिट्ठी आई है।

छह साल पहले भागा था गाँव से। दबँगों ने जीना हराम कर दिया था, तो और क्या करता?

एक बैलगाड़ी भूसे की कीमत, कब तक चुकाएगा कोई आखिर। वह भी चौबीस घंटे की हाड़ तोड़ मेहनत से । भूसा न हुआ, सोना हो गया, जिसका कर्ज उतरता ही नहीं। आखिर बाप ने डगरूआ को ही सौम्प दिया पूरा-का-पूरा। जब तक भूसे का कर्ज न उतर जाए, लम्मरदार के घर चारा-पानी, झाड़ू-बुहारू सब करेगा डगरूआ। सुबह-शाम दो-चार लात, पीठ पर एकाध लाठी

डगरूआ का बाप सुबह से तीन बार "पंडिज्जी" के घर तक दौड़ चुका है। आसपास के घरों की चिट्ठी वही बाँचते हैं। गाँव के ही जूनियर हाईस्कूल के हेड मास्टर "पंडिज्जी" ही एकमात्र ऐसे प्राणी हैं जिनका हिन्दी और संस्कृत पर समान अधिकार है, और दूर देस से आई चिट्ठी वही बाँच पाते हैं। वह भी महज सौ-पचास ग्राम या आधा किलो देसी घी (जिसकी जैसी श्रद्धा हो) और थोड़े बहुत पान-सुपाड़ी के एवज में। डार की टोरी लौकी, नेनुआ, चचींड़ा या करेले से भी कोई परहेज नहीं।

वहाँ डगरूआ बेचैन है कि चिट्ठी मिली भी या नहीं। राम पदारथ की बात अब उसे ठीक लग रही थी कि चिट्ठी रजिस्ट्री डाक से भेजनी चाहिए थी। चार पैसे ज्यादा लग जाते तो क्या हो जाता, कम-से-कम चिट्ठी के घर तक पहुँचने की "गरंटी" तो रहती।

पर अब क्या हो सकता था। चिट्ठी नार्मल डाक से भेज दी थी... टिकट खूब अच्छी तरह से चिपकाकर। राम पदारथ हरें तो थूक से ही टिकट चिपका देते हैं, लेकिन उसने आटे की लेई बनाकर, खूब गरम-गरम लेई बनाकर चिपकाए थे टिकस...

पहुँच तो गई ही होगी।

डगरूआ ने जैसे खुद को दिलासा दी।

भला वह तो बाद की बात है। पहले पहल तो जब डगरूआ अहमदाबाद आया था, तो चिट्ठी लिखने की हिम्मत ही नहीं थी उसकी।

डगरूआ, दरअसल रास्ते में चलते-चलते हुआ था, इसलिए उसका नाम डगरूआ पड़ा। डगरूआ, मतलब जो डगर में ही पैदा हुआ हो। चलिए यह तो हुई उसके नामकरण की वजह। लेकिन ऐसा कम ही होता है कि कोई अपने नाम के मुताबिक जिन्दगी भी जिए। डगरूआ जो एक बार डगर में पैदा हो गया तो बस जैसे चल ही पड़ा।

और चलना भर क्यों, वह तो भागता ही रहा जीवन भर। भागते-भागते ही तो पहुँचा अहमदाबाद। वह तो कहिए कि गाँव-गिरांव के कई लोग थे पहले से यहाँ। सो पैर सिकोड़कर ही सही, सोने के लिए एक ठीहा मिल गया।

रामपदारथ पहले से ही वहाँ था। उसी ने तो हिम्मत दी, और उसी की हिम्मत के सहारे वह यहाँ तक चला भी आया।

लो वॉट के बल्ब की पीली, मरियल-सी रोशनी में डगरूआ चिट्ठी लिख रहा है।

"अत्र कुशलं तत्रास्तु!

अम्मा-बप्पा को पैंलगी पहुँचे।

अपरंच समाचार यह है कि, हम अहमादाबाद में हैं और यहीं से सबकी राजी खुसी मनाया करते हैं। तबियत तो हमारी ठीके है, बस काम करते हुए जब कभी पाँव तल बिचल में पड़ जाए तो कमर की हड्डी कभी-कभी थोड़ा किरकिराती है। आपको यादे होगा कि एक दिन जब लम्मरदार हमारी पीठ में लाठी मारे थे, तो हम थोड़ा झुक गए थे और लाठी की पेन्दी में लगा लोहे का छल्ला हमारी कमर की हड्डी में लग गया था। तीन दिन अम्मा ने हल्दी लगा के "सिंघताव" दिया था। लेकिन अभी भी थोड़ी कसक रहती है वहाँ।

हम सोचे तो थे कि, एकदम्मे से सहराती बनके लौटेंगे यहाँ से। पदारथ भइया बड़ा लप्प झप्प दिखाए थे कि बड़ा सहर है, बड़ा काम है,

बड़ा पइसा है। हम भी बिचार बनाए थे कि कुछ कमाधमा के लौटेंगे तो बैलगाड़ी भर भूसा झींक के मारेंगे लम्मरदार के मुँह पे। लेकिन बप्पा, पइसा तो बचता ही नहीं यहाँ। चाहे जित्ता पेट छोटा कर लो, खोली का किराया, आटा, दाल, सब्जी, नमक सब मिलाके इसी में स्वाहा हो जाता है।

पदारथ भइया बोले थे कि बड़ा कमरा है उनका, आराम से सेट हो जाएंगे हम भी। लेकिन यहाँ तो गन्दे नाले के किनारे टीन टप्पर डालके झोंपड़ी बनी हैं छोटी-छोटी। जगह इत्ती कम है कि का बताएं। हमारी पड़िया जिसमें बँधती है न...वो छानी भी इससे बड़ी है। छै आदमी रहते हैं इसमें। तीन दिन में सोते हैं और तीन रात मे। हमारी भी नैट शिफ्ट रहती है महीने में पन्द्रा दिन।

सुरू में कमरा हमको गन्धाता था। खोली के पीछे गन्दे नाले का पानी भभका मारता था।

लेकिन पदारथ भइया हमको बताए कि, यह सब बस चार दिन की तकलीफ है। फिर सब ठीक हो जाएगा। एक्को गन्ध नहीं आएगी, औ नींद भी अच्छी आएगी। हम समझ गए कि नाला सफाई चार-चार दिन में होती होगी यहाँ।

लेकिन चूतिया बन गए हम। नाला सफाई तो होती ही नहीं। रोज-रोज अउर ज्यादा गन्दगी से भरता रहता है। बरुक पदारथ भइया की बात सही निकली। चार दिन में नाला गन्धाना बन्द हो गया हमको। अब तो जहाँ नाला की महक न मिले, तो जी जाने कैसा कैसा होने लगता है।

पहिले जब हम सुरू सुरू में आए थे तो हमें धागा रँगाई का काम मिला था। पगार रोजनदारी पर थी। जित्ते दिन काम करो, उत्ते दिन का पइसा लेओ। असली काम है साड़ी की बुनाई का, और उस पर छापा डालने का। उसमें पइसा भी ठीकठाक मिलता है। लेकिन टेक्निकल काम है, सीखना पड़ता है पहिले। ये नहीं कि, मुँह उठाके घुस पड़े महीन काम में औ चौपट कर दिया सब।

हमारा सेठ अच्छा आदमी है। हमसे हमेशा गाली देके बात करता है। पहिले तो हमें बुरा लगा था। लेकिन पदारथ भइया ने ही बताया कि, सेठ उसी को गाली देता है, जिसको बहुत मानता है। जिसको नहीं मानता, उसे गाली नहीं देता, सीधे लतियाता है और काम से ही निकाल देता है।

हम खूब मेहनत से काम किए,तो अब हमारा सेठ हमको हर बात पर गाली देने लगा है। अच्छा लगता है हमको। बलकिन, हमें तो लगता है कि पदारथ भइया भी थोड़ा थोड़ा मुँह बनाने लगे हैं। उनको हमसे कम गाली मिलती है सेठ से।

बीच में थोड़ा भँड़चाचर हो गई थी बप्पा!

हमें तो लगता है कि पदारथ भइया ने ही कान भरे होंगे सेठ के। सेठ पहिले तो हमको गाली देना कम किए, फिर बिलकुलै बन्द कर दिए, औ बाद में काम से निकाल दिए । हम भी इत्ते "भ्वासर" नहीं हैं अब। इत्ते दिन से सूरत, अहमदाबाद में हैं, सब "घाईपाई" जान गए हैं हम भी। हम भी सोच लिए कि अब पदारथ भइया को तेल नहीं लगाएंगे। हमारे भी अपने "सोर्स" बन गए हैं यहाँ। किसी के भरोसे नहीं हैं हम।

हमारे ठीक बगल की खोली में एक ठो बिहारी लड़का था। पहिले वहाँ किसी "लौंडानाच" वाली पार्टी में काम करता था। अब उसका अपना पत्थर घिसाई का काम है। मशीन से पत्थर की कटाई करता है और घिसाई करके बड़ी-बड़ी इमारतों में लगाता है। हम उसको पुटियाए, तो हमको भी अपने साथ उसी काम में लगा लिया। पइसा भी ठीकेठाक था वहाँ।

लेकिन एक ठो दिक्कत हो गई ।

हम समझ नहीं पाए कि इस काम में शरीर का नुकसान है। दिन भर पत्थर का बुरादा साँस के साथ फेफड़े में जाता है, और वहीं जमता रहता है।

अब दुइ महीने से हमको खाँसी के साथ खून आने लगा है।

यहाँ के सरकारी अस्पताल में दिखाए थे एक दिन। बोल रहा है कि टी.बी है, अउर जाँच करानी पड़ेगी। वह वाली जाँचें सरकारी अस्पताल में नहीं होतीं। किसी ने बताया कि पइसा बहुत लगेगा जाँच कराने में। हम सोचे कि जब मर्ज बता ही दिए हैं, तो फिर कहे की जाँचें? हम तो साफ-साफ बोल दिए डाक्टर साहेब को, कि हमको "लोकल आदमी" समझे हैं क्या? जब मर्ज किलियर है, तो दवाई देओ! ई जाँच फांच का चक्कर सब जानते हैं हम। लूटने के तरीके हैं सब।

डाक्टरवा जान गया कि इसको तो सब पता है। इसके सामने "धुरखेल" नहीं चलनेवाला।

डाकटर तुरन्तै हमको गोली-फोली सब दिया। वही खा रहे हैं दुइ महीने से। बरुक खून अभी रुक नहीं रहा है। कुल्ला-मुखारी करते समय थोड़ा-बहुत रोजै आ जाता है मुँह से।

इधर कुछ दिनों से काम पर नहीं जा पा रहे हैं। न शरीर में "तथ्या" बची है, न जेब में पइसा। आप तौ सब जनबे करते हैं कि परदेस में पइसा ही अपना साथी होता है। कल पदारथ भइया भी कहने लगे कि "अब अपना दूसर ठिकाना ढूँढ़ लेओ। कहे से कि, खोली के किराया में हिस्सेदारी सबकी बराबर है। अब कोई ठेका तो लिए नहीं है तुम्हारा, कि तुम्हारे हिस्से का भी किराया भर दे, औ तुम परे-परे खाओ?"

बात तो वइसे पदारथ भइया की भी सहियै है। सब तो कमाने के लिए ही पड़े हैं यहाँ। दूसरे के ऊपर फालतू खरचा कहे को करेगा कोई? है कि नहीं?

सबको अपने-अपने घर पइसा भेजना है। किसी का कर्जा पड़ा है, तो किसी की बहन की सादी है। कोई अपने छोटके भाई को पढ़ा रहा है, तो कोई अपने अम्मा-बप्पा का इलाज करा रहा है। ये लोग भी करें तो का करें...!

अच्छा अब बन्द करते हैं चिट्ठी।

एक ठो बात कहनी थी। मने वइसे ही...अगर होइ जाए तौ।

क्उनो दिक्कत परेसानी न होय तो कुछ पइसा भेजवा देते। सब कहते हैं कि डाक्टर बदल के, दुसरे डाक्टर को दिखाएँ औ दवाई बदल दें, तो कुछ अराम मिल सकता है। अगर छोटकउना आ जाए महीना खाँड़ के लिए, तो थोड़ा आराम होइ जाए। नीचे हम पता लिख रहे हैं। अगर छोटकउना आए, तो पइसा वही लेता आए, नहीं तो मनीआर्डर कर दें।

बाकी सब राजी खुसी है। पाँव छू रहे हैं।"

-तुम्हार, डगरूआ

चिट्ठी जो थी, वह गाँव तक पहुँचते-पहुँचते, किसी नौसिखिए डाकिए की मेहरबानी के चलते, प्रायः धुल गई थी। पूरे पन्ने में स्याही बिखरकर, पन्ने

को हल्का आसमानी रंग दे गई थी। शायद बारिश के पानी में चिट्ठियों के किसी गट्ठर के साथ कहीं खुले में पड़ रही होगी।

बस केवल शुरूआती पंक्तियाँ ही पूरी तरह स्पष्टथीं...

"अत्र कुशलं तत्रास्तु!"

और पंडित जी ने जब इस वाक्य का अर्थान्वयन किया, कि "यहाँ सब कुशल है, वहाँ भी ऐसा ही होगा" तो डगरूआ के बाप के चेहरे की चमक से, न केवल माँ का, बल्कि पूरे घर का चेहरा चमक उठा।

"चला ठीक है। नीके रहैं, जहाँ रहैं!" माँ ने जैसे किसी अदृश्य को सम्बोधित करते हुए कहाँ

और डगरूआ के बाप के कहीं भीतर से उठता हुआ प्रश्न, संकोच में पंडित जी के सामने प्रकट नहीं हो पाया...कि,

"पइसा नहीं भेजेस का? कुछ अउर लिखो है भला...?"

●●●